랑과 나의 사막

천선란

랑과 나의 사막

천선란

소설

PIN

043

차례

PIN

043

랑과 나의 사막

천선란

랑의 엔진이 꺼졌다.

아니, 심장이다. 인간은 엔진을 심장이라 부른다. 두꺼운 근육으로 이루어져 있으며 크기는 고작 사람 주먹만 한데 발끝까지 피를 보낼 정도로 엄청난 에너지를 가지고 있는 기관이다. 주기적으로 연료를 교체해야 되는 나와 달리 랑은 외부에서 피를 교체해야 할 필요도, 심장에 기름칠을 해야 할 필요도 없다고 했다. 태어나는 것과 만들어지는 건 그렇게 다르다. 태어난다는 건 목적 없이 세상으로 배출되어 왜 태어났는지를 계속 찾아야 하는 것이기에, 오로지 그것뿐이기에 그 해답을 찾는 시간만큼 심장의 시계태엽은 딱 한 번 감겼지만 만들어진다는 건 분명한 목적으로 세상에 존재한다. 이유를 찾아야 할 필요도 없이 존재하는 동안 끊임없이 자신의 목적을 이루어야 하는 것. 그렇기에 목적을 다할 때까지 망가지지 않도록 만들어진 것은 계속 엔진을 교체할 수 있는 것이라고 랑이 말했다. 그 말은 목적을 다하면 꺼버린다는 것과 같은 말이었다.

하지만 랑은 거짓말을 했다.

랑의 장례는 지카가 맡아주었다. 지카는 평소처럼 하루치 물통을 들고 랑의 집을 찾아왔다가 침대에 고이 누워 있는 랑을 발견하고는 차분하게 이불로 얼굴을 덮어주었다. 그리고 자신이 돌아올 때까지 랑과 마지막 인사를 하고 있으라고 말하고 떠났다. 그 말은 내게 여러 의미로 어려웠지만 지카의 붉게 물든 눈을 보고 나는 질문을 던지지 않았다. 나는 마지막 인사로 어떤 것이 적절한지 몰라, 랑에게 다른 이야기를 했다.

"네 말을 들었다. 지카의 눈이 붉어서 입을 다물었다."

인간의 눈이 붉게 변할 땐 입을 다물어야 한다. 랑의 명령 중 하나였다.

지카는 두어 시간 후 말간 눈으로 돌아왔다. 바퀴 달린 상자를 이륜차에 연결해 끌고 왔다. 바퀴가 지카의 허리까지 오는 저 이륜차는 지카와 랑이 함께 만든 것이다. 나는 옆에서 그들이 다치지 않게 도왔다. 조각조각 나뉘어 아무 의미도 가지지 못했던 고철 덩어리는 그렇게 사막을 달릴 수 있는 기계가 되었다. 그것은 특권이다. 인간이 만든 기계 대부분이 한곳에 평생 머물다 효용을 다하고 멈춘다. 휴대용으로 만들어진 것들은 대개 가방이나 주머니에 들어 있어 있기만 할 뿐이다. 목적지를 설정하고 이동할 수 있는 것은 몇 없다. 물론 그런 것을 따질 수 있는 것 역시 일부 기계의 특권이겠지만……

지카는 도착하자마자 이륜차에 달고 온 상자를 열어 그 안에 있던 검은색 옷을 던지며 내게 입으라고 말했다. 내가 어렵지 않게 망토같이 긴 옷을 입는 동안 지카는 랑의 곁으로 가 이불을 치우고 손과 발을 천으로 감쌌다. 그리고 챙겨 온 바구니에서 붉은빛의 고운 모래를 꺼내 랑의 고개를 돌려가며 귀에 조금씩 흘려 넣었다.

'세상은 시끄러우니까. 더 듣지 말고 편하게 잠들라고.'

의식이다. 진실과 상관없는 위로의 행위. 조가 죽었을 때 랑은 그렇게 말하며 지금 지카처럼 조의 귀에 붉은 모래를 흘려 넣었다. 조는 랑을 생물학적으로 낳은 사람이다. 조가 죽었을 때 랑은 울다 과호흡 증상을 보였는데 지카는 숨이 평균보다 가빠지기만 할 뿐 다분히 침착하게 모래에 소량의 물을 섞어 적갈색 액체로 변한 그것을 랑의 이마와 광대에 발랐다. 저 행위의 의미에 대해선 랑이 알려준 바 없었다. 나는 그것이 무엇이냐고 묻고 싶었지만 이번에도 질문을 던지진 않았다.

'네가 뒤에 있는데도 인간이 1분 이상 너를 돌아보지 않고 있다면 가만히 내버려둬. 인간이 돌아볼 때까지.'

지카가 내게 등을 몇 분째 보이는지 알지 못하지만 1분은 지났으리라 추측한다. 성격이 급한 지카의 손길이라 믿을 수 없을 만큼, 감각을 마비시키는 선인장의 꽃향기를 맡은 것처럼 느리게 움직이고 있으므로 적어도 3분, 어쩌면 5분 이상 흘렀을 거라 생각하지만 시간의 상대성을 생각하면 3, 40초 정도일지도 모른다. 지카는 랑의 이마에 붙은 머리카락을 한 가닥씩 떼어내 넘겼다. 효율적이지 못한 손짓이었다. 하지만 지카의 '믿을 수 없을 만큼 느린 몸짓'은 랑의 죽음을 받아들이기 위한 행위라는 걸 알고 있다. 감정에는 효율을 따질 수 없다. 따져서는 안 된다. 절대로 그래서는 안 된다고, 조가 떠난 뒤 랑이 방패처럼 말했다. 그 감정은 언제 소거될지 모른다. 예정도 없고 기약도 할 수 없다.

그래, 그랬었지. 슬픔의 전조가 하나도 없었음에도 버럭 슬프다고 단호하게, 슬프다기보다 화난 것에 가까운 표정으로 말하고는 했다. 저장되어 있던 장면이 선명해진다. 랑의 화난 얼굴. 만지고 싶다.

자리에서 일어난 지카는 밖으로 나가 상자에서 삽을 꺼낸다. 두 개 중 하나를 나에게 던지고 따라오라는 말도 없이 자리를 뜬다. 나는 삽을 들고 지카를 따라나선다.

랑의 집 북쪽 지붕은 다른 면들과 달리 차양이 넓다. 랑은 그 차양을 다양하게 사용했다. 정오의 햇빛을 피할 때도 사용했고, 폭풍이 없는 밤, 새벽 늦도록 그곳에 앉아 무언가를 쓰거나 읽기도 했다. 게다 죽은 조를 묻은 곳도 거기다. 조가 늘 앉아 있던 의자 밑. 그나마 무른 흙이었다. 물을 뿌리면 바로 증발하지 않는 유일한 곳. 그래서 랑은 조를 떠나보낸 후, 조와 나란히 앉아 이야기를 나누던 의자에서 책을 읽으며 분무기로 땅에 물을 주고는 했다.

가끔은 노래도 불렀다. 랑은 늘 묘하게 엇박자에 음도 틀렸지만 부르는 걸 즐겼고 나는 그런 랑의 엉망진창 노래가 좋았다. 때론 조가 옆에 앉아 있기라도 한 것처럼 말을 했다. 그럴 때마다 나는 질문에 답하는 설정을 껐다. 랑의 말이 질문으로 끝나면 대답해주고 싶기 때문이다. 하지만 수신자가 내가 아니기에, 나는 대답할 수 없다. 내 대답이 랑을 더 슬프게 할 수 있으므로.

차양 아래에는 언제나처럼 랑이 앉던 의자와 분

무기가 있다. 지카는 그것들을 아무렇게나 옆으로 미뤄놓고 땅을 파기 시작했다. 내가 널브러진 의자를 세워 반으로 접고 옆으로 치우는 동안 지카의 이마에서는 어느새 땀이 삐질 흐른다. 바닥으로 떨어진 땀방울은 몇 초도 유지되지 못하고 증발하고, 그 위로 또 후드득 떨어지는 땀을 보다가 도로 지카를 본 나는 그 땀 속에 눈물이 섞여 있음을 발견한다. 땀과 눈물이 떨어진 흙을 파내고, 그 위로 또 땀과 눈물이 흐르고, 그걸 또 파내는 지카는 마른 우물을 긷는 것 같다. 마치 랑이 그랬던 것처럼.

사막 한가운데 우물이 있다. 그것은 우물보다 댐으로 불려야 마땅했지만, 대부분이 모래에 뒤덮여 형체를 잃어, 랑은 개의치 않고 우물이라 불렀다. 예전에는 오아시스라 말하기도 했지만 시간이 지날수록 점점 메말라가는 그것을 더는 오아시스라 부를 수 없었고 그렇다고 아무것도 아닌 것으로 이름을 없애기에는 물이 있었던 곳이라는 희망을 놓고 싶지 않았다. 그렇게 우물이 되었다. 차오르기도 하고 메마르기도 한. 어느 순간부터는 늘 메말라 있기만 했지만.

랑은 알면서도 우물에 두레박을 내리고 실망하는 기색을 감추지 못했다. 괜히 짜증을 냈다. 그렇게 랑이 골을 낼 때마다 나는 답을 찾다 회로가 마비되어 퓨즈가 나가고는 했다. 전원이 다시 켜질 땐 언제나 랑의 얼굴이 바로 보였고, 랑은 기다렸다는 듯이 웃으며 나를 놀렸다. 분명 랑은 웃으며 나를 놀린다고 생각했겠지만 전원이 들어오자마자 마주친 랑의 얼굴에는 언제나 두려움이 먼저 보였다. 수십 번 전원이 꺼졌다 켜지면서 그 얼굴이 아니었던 랑을 단 한 번도 본 적이 없다.

또 멋대로 랑의 영상을 본다. 또 과거를 재생한다. 3년 전 랑이 떨어트린 망치에 맞은 이후로 기억장치가 멋대로 과거를 재생하는 일이 많아졌다. 나 또한 어찌할 수 없는 오류.

지카에게 말하면 고쳐줄 수도 있겠지만 나는 오류를 유지하고 싶다. 불현듯 재생되는 것은 마치 예기치 못한 순간에 찾아와 인간을 마비시키는 그리움 같아서 나는 그것을 흉내 내고 싶다. 감정을 훔칠 수 없으니 베끼는 것이다.

지카를 도와 땅을 판다. 죽은 인간은 땅에 묻히거나 새에게 먹혀 자연으로 돌아간다. 그건 관용적 표현이지만 육체가 분해되어 땅에 흡수된다는 점에서 맞는 말이기도 하다. 하지만 이렇게 열악한 환경에서는 분해되지 않고 그대로 마르는 경우가 더 많다. 맞아, 그래서 랑은 조에게 물을 주었다. 어떻게든 마르지 않고 분해되길 바라며. 생명이 살지 못하는 척박한 땅에 물을 준다고, 고작 몇 년 그렇게 물을 준다고, 겉에만 젖을 정도로 준다고 땅에 미생물이 생겨나는 건 아닌데. 랑은 미련하다.

랑의 몸이 전부 들어갈 수 있을 정도의 깊이와 폭을 가진 구멍이 완성되었다. 어느덧 해는 지평선에 가까워졌고, 지카는 운 적 없다는 듯 이마만 손등으로 훔친 뒤 이번에도 삽을 던져두고 집으로 들어갔다.

식탁 의자에 앉은 지카는 뜨거워진 정수리를 식히는 중이라고, 묻지도 않았는데 내가 들어오자마자 입을 열었다. 랑도 변명을 그런 식으로 했다. 묻기도 전에 설명하기 수법.

의자 등받이에 거의 눕듯이 기대어 앉은 지카는 천장을 골똘히 보고 있다. 그러다 눈을 감고, 그러다 한숨을 쉬고, 그러다 입술을 깨물고, 그렇게 울음을 삼킨다. 지카는 랑을 오래전부터 알고 지냈다. 그렇다고 내내 함께였던 건 아니다. 지카는 2년 전, 5년 동안의 떠돌던 생활을 정리하고 돌아왔다. 그사이 조가 죽었고, 랑은 병이 생겼으며 지카는 랑과 동갑이라고는 보이지 않을 만큼 늙었다. 외인성 노화의 가장 큰 원인은 피부 광노화를 유발하는 자외선이다. 2년 전, 랑은 그렇게 5년 만에 마주한 지카의 얼굴을 어루만지며,

'얼굴이 사막을 닮아가네.'

라고 말하고는 움푹 팬 뺨에 입을 맞췄다.

지카가 오래 앉아 있지 않고 몸을 일으킨다. 지카는 랑의 다리를, 나는 랑의 겨드랑이를 붙잡는다. 랑의 몸은 평소보다 무겁고 딱딱하다. 배꼽 위에 포개진 두 손이 밑으로 떨어지지 않는다. 지카가 랑의 맨살을 전부 가려냈기에 얼핏 석재로 만들어진 동상 같기도 하다. 이 견고함은 랑의 유연함을 잊은 몸의 징표다. 몸은 온도를, 소리를, 역동

성을, 굶주림을, 피로와 슬픔을 모두 잊은 채 잔잔해졌다. 랑의 몸은 바람이 불지 않는 사막 같다.

'바람이 불지 않으면 사막은 단숨에 그림이 돼.'

랑은 그렇게 말했다.

'그림이 아니라 사진이다.'

내가 반박하자 랑이 다시 반박했다.

'식상한 말 하지 마.'

나는 말을 이었다.

'그림에는 감정이 들어가고 사진에는 의도가 들어가지. 감정은 마음을 움직이게 만들고 의도는 해석하게 만들어. 마음을 움직인다는 건 변화하는 것이고, 변화한다는 건 불가능을 가능으로 만든다는 것. 그래서 인간은 정지해 있는 그림을 보고도 파도가 친다고, 바람이 분다고, 여인들이 웃는다고 생각하지. 사진은 현상의 전후를 추측하게 하지만 그림은 그 세계가 실재한다고 믿게 돼.'

그때 야외 테이블에 올려두었던 폭풍경보기가 4단계를 알렸다. 랑과 나는 저 멀리 절벽처럼 솟은 모래 폭풍을 보고 테이블과 의자를 들고 집으로 들어갔다. 랑은 문 옆에 의자를 세워두고 벽에 걸린 그림 앞에 섰다. 그 그림은 조가 어렸을 때 야시장에서 구매해 랑에게 물려준 그림이다. 바다를 그린 수채화다. 2천 년 전까지 지구에는 몇 세기 동안 인간이 그려온 그림들이 몇백만 점 존재했지만 지구 절반을 덮친 대홍수로 그림의 62퍼센트가 소실되었다. 어떤 그림이 사라졌는지 나는 알 수 없다. 나는 그 시기 즈음 만들어져 단지 그 현상을 목격했을 뿐이다.

랑은 그림을 바라보며 말했다.

'그럼 역시 그림이 맞아. 사막은 아무 의도가 없어. 사막을 판단하는 건 사람의 감정이니까.'

랑에게 사막은 어떤 존재이기에, 그토록 원망하고 분노하며 하염없이 바라보았을까.

감정은 입력 값의 산출물이다. 궁금증이나 걱정, 기쁨, 공감 정도로 만들어진 단순한 형태이며 이는 보편적인 데이터 속에서 외부 자극에 따른 적절한 반응을 판단하는 기능일 뿐 정서를 토대로 형성되는 주관적인 기분이 아니다. 내가 흉내 낼 수 없는 것은 감정이 아닌 정서. 하나의 사건을 바라보며 인간이 느끼는 감정은 보편성과는 거리가 멀다. 보편적인 감정은 응당 그렇게 느끼길 바라는 인간의 바람으로, 교육적인 의도로 강요되지만 실제 인간의 감정은 스펙트럼이 넓고 그 정서는 오롯이 당사자만의 것이다.

데이터에 따르면 랑의 죽음으로 지카는 '충격'과 '부정'의 과정을 거친 뒤 '죽음의 인정'과 '절망을 동반한 슬픔'을 충분히 겪고 '온전한 슬픔'과 '사무친 외로움' 속에서 다시 '영원히 볼 수 없다는 인정'과 '안정된 슬픔'으로 넘어가야 하지만 지카는 충격과 부정 없이 그 두 가지 감정을 느낄 때 나타나는 반응을 보이지 않고 '죽음의 인정'으로 갔으며, '절망을 동반한 슬픔' 없이 '안정된 슬픔'으로 닿은 것처럼 보인다. 인간은 이렇게 단계를 마구잡이로 뛰어넘고 순서를 뒤바꾼다. 하지만 이건 위험하다. 거치지 않은 감정은 지나가는 게 아니라 몸에 쌓인다.

지카와 판 깊은 구덩이에 랑을 넣는다. 지카가 잠시 구덩이를 바라본다.

랑이 열두 살이었던 여덟 달의 한낮, 햇빛을 피하기 위해 랑과 함께 땅에 굴을 파 들어갔던 적이 있다. 새벽에 불어닥친 경고 5단계의 폭풍으로 인해 지붕과 벽면이 무너졌던 날이었다. 테이블 밑에 몸을 숨겼던 조와 랑은 다행히 폭풍이 지나간후 모래 더미를 빠져나왔지만 집이 무너져서 큰일이었다. 한낮에 70도까지 올라가는 여덟 달의 햇빛을 피할 그늘이 없다면 랑은 한 시간도 버티지못할 거였다. 그래서 조는 새벽부터 해가 떠오르기 전까지 땅을 팠다. 남아 있던 식수를 땅에 뿌려가며 성인 세 명이 들어갈 수 있을 정도의 땅굴을팠다. 지금 구덩이와는 의도와 형태가 다르지만, 죽은 랑은 어떤 의식도 가지고 있지 않을 테지만랑이 땅속에서 있던 시간을 즐거워했다는 걸 지카가 알면 슬픔이 덜할 것이라는 판단이 내려진다.

"5단계 모래 폭풍이 왔던 4875년 여덟 달 9일. 집이 무너져 조와 나는 랑을 위해 깊이 1미터 50, 지름 45센티 정도의 구덩이를 팠고, 랑은 이튿날 새벽까지 그 구덩이에서 지냈다. 랑은 벽에 캥거루쥐와 전갈을 그렸지. 빛이 들지 않아 조는 랑이무서워 할까봐 걱정했지만 랑은 시원하고 땅 냄새가 좋다고 대답했다. 그때까지 랑은 내가 화합물

을 판독해 냄새를 구분한다는 건 알지 못했고 그
저 맡을 수 있다고 믿었지. 그래서 나에게 묻더군.
'고고, 너는 땅 냄새가 어때?'"

지카가 나를 응시한다.

"나는 이 사막 모래에는 아주 소량의 미생물만
존재하기 때문에 냄새가 난다고 판단하기는 어렵
다고 대답했다. 랑은 내 말을 이해하지 못했지만
개의치 않아 했다. 재미없다고 화도 내지 않았지.
그저 동굴같이 포근하다고 좋아했다."

나는 그날 내가 동굴에서 맡아야 했던 역할들
을 속으로 나열했다. 나는 세상의 모든 진리를 알
게 된 랑의 수제자였고, 천재 기계공학자인 랑을
찾아온 환자였고, 모험가 랑이 사막에서 만난 로
봇이었으며, 랑이 처음으로 조우한 외계인이었다.
랑은 가면을 바꿔 쓰기라도 하는 것처럼 역할에
흠뻑 빠졌다. 뻔뻔하게 거짓말을 내뱉었다. 그런
랑을 보고 있노라면 이따금 조에게 자연스럽게 거
짓말을 하던 모습이 떠올랐고, 이를 통해 그것이
태생적인 재능이었다는 걸 깨달았다. 랑은 나에게
이렇게 말했지. 오, 낯선 생명체여. 당신은 낯설어

서 아름답군요! 이 차갑고 딱딱한 피부를 좀 봐요. 이 사막 행성의 주인답군요!

"그러니까 랑은 이곳에 묻히는 걸 두려워하지 않을 거라는 말이다."

지카는 조금 뒤 고개를 끄덕였다.

"알아. 랑은 이런 걸 두려워할 애가 아니지."

지카는 삽으로 푼 흙을 랑에게 뿌린다. 그러다 삽을 놓고 손으로 흙을 쥐어 랑에게 뿌렸다. 삽을 이용하는 것보다 효율성이 낮지만 지카는 그렇게 오래도록 손가락 사이를 빠져나가는 모래 알갱이로 랑을 묻었다.

해가 저물어 밤이 되고, 선명한 은하수가 랑의 집을 가로지른다. 이제 랑은 흙에 묻혀 보이지 않는다. 랑은 죽었고 랑의 몸은 땅에 묻혀 있다. 이제, 이 땅 위에서는 어디서도 랑을 볼 수 없다.

며칠 뒤, 지카가 랑의 집으로 찾아왔다. 할 게 없어서, 해야 하는 게 없어서 침대와 테이블 사이에 줄곧 서 있던 나를 위아래로 훑어보고는 따라오라 명령했다.

지카의 집은 랑의 집에서 남서쪽으로 1.6킬로미

터 떨어진 곳에 있다. 가는 도중에 방향을 알려주는 표식이 하나도 없어 나침반이 없으면 길을 잃기 쉬운 곳이다. 랑은 나침반도 없이 지카의 집을 찾아가는 모험을 떠났다가 열한 시간 만에 1.2킬로미터 떨어진 서쪽에서 발견된 적이 있다. 하루만 더 늦었어도 랑은 그늘 한 점 없는 모래 위에서 죽었으리라.

랑의 집 주변은 방향을 알 수 없을 만큼 허허벌판이지만 예전에도 그랬던 것은 아니다. 불과 몇십 년 전까지만 해도 북동쪽에 커다란 바위가 언덕처럼 있었다. 조는 바위로 랑에게 방향을 가르쳤다. 바위를 사람이 웅크려 앉아 있는 사람으로 비유하고 뾰족한 머리끝이 우리 집이라고, 멀리서 이 바위를 보거든 머리가 가리키는 방향으로 오면 된다고 말이다. 랑은 그 바위에 '하로하'라는 이름을 붙여주었다. 너무 오래 고민하다 굳어버린 박사라는 뜻으로, 랑이 만든 언어였다.

지카는 걸어가는 내내 몇 번이고 나침반으로 방향을 확인한다. 숱하게 오갔어도 익힐 수 없는 사막의 방향감각. 일직선으로 나아가다 눈 깜빡임으로도 길을 한순간에 잃을 수 있는 곳. 사막은 그런 곳이다. 단 한 순간도 자신을 믿어서는 안 되는.

지카의 집은 소슬하다. 집이라는 단어가 가지고 있는 안전함과 지속성이 충족되지 않는 곳이다. 다섯 개의 기둥과 천으로 만들어진 이 집은 2단계 폭풍만으로도 흔적 없이 사라질 것 같지만, 그런데도 무너지거나 날아가거나 사라지지 않고 2년 동안 폭풍을 견딜 수 있었던 건 바위에 천을 묶어 연결해둔 덕분일까. 하지만 아무리 단단하게 묶었다고 한들 3단계 폭풍에서는 천이 찢길 거였고 실제로도 천 곳곳에 덧댄 흔적이 가득했다. 지카가 들어오지 않고 뭐 하느냐고 묻는다. 나는 찢어진 천을 가리켰다가 지카를 따라 집으로 들어가며, 찢긴 천에 덧댄 흔적이 보이는데 저 정도의 폭풍이라면 지카는 날아갔어야 했다고, 이 집은 전혀 안전하지 않다고 말했다. 그러자 지카는 내 말에 대한 답이라는 듯 지하로 내려가는 계단 앞에 선다. 바위를 지붕으로 둔 지하가 지카의 진짜 집이었다.

식기라고는 냄비 하나가 전부다. 하필 침낭마저

접어둔 탓에 텅 빈 지카의 집은 집이라기보다 동굴에 가까웠다. 햇빛이 닿지 않는 이곳 온도는 영상 11도이며, 이 온도는 인간에게 춥다. 역시나 지카는 침낭 위에 올려둔 윗옷을 껴입는다.

"아무것도 없군."

"오래 머물지 않을 거라서."

"또 떠나나?"

지카가 고개를 끄덕인다.

"아무도 없잖아, 여기에는."

그 말을 반대로 하자면 여기에 무언가가 있었기에 머물렀다는 말이다. 여기에 있기에 다시 돌아올 거였다면 지카는 왜 떠났던 걸까. 두려워하는 랑을 두고.

"돌아오려던 계획은 없었어. 영원히 돌아오지 않을 마음으로 떠났는데 그게 잘 안 됐을 뿐이지."

나는 잠시 고민하다 입을 연다.

"내가 질문을 했던가?"

"아니. 인간은 생각을 읽는 능력이 있는데 몰랐구나?"

"겉대중했군."

"추측한 게 아니고 진짜로 생각을 읽는다니까. 너는 딱 봐도 겉대중할 수 있는 상대가 아니지. 너에게 표정이 있긴 하니?"

"어림잡아 생각하는 건 좋지 않아. 인간은 대체로 많은 일들을 어림잡아 생각해서 망친다."

지카는 말없이 나를 바라보다가 고개를 가볍게 끄덕인다. 그리고 만다. 랑은 이와 비슷한 대화에서 아무것도 모르는 기계가 또 인간을 다 아는 척한다고 분개했었다. 내 기억장치는 또 멋대로 랑을 재생시킨다.

"고고."

지카는 경사가 있는 벽면에 걸터앉은 듯한 불편한 자세로 기대어 서 있다. 혼곤한 표정이다.

"사실 오늘 너를 분해할 생각이었어. 그곳에 든 메모리를 뺏고 싶었거든."

'그곳'을 말할 때 지카는 자신의 머리를 손가락으로 툭툭 쳤다.

"썩 들을 만한 소리는 아니군. 그 생각, 아직도 유효한가?"

지카가 고개를 젓는다.

"다시 생각해보니까 그걸 갖게 돼도 저장된 영상을 볼 수 있는 장비가 없지 뭐야. 그걸 또 찾으러 모험을 떠나기에는 나는 너무 지쳤어. 남은 생을 그렇게 쓰고 싶지 않아."

지카는 5년 동안 어딘가를 떠돌았다. 랑은 지카가 멋있지만 무모하다고 했고, 뜻을 이루길 바라지만 동시에 실패해서 자신의 곁으로 오기를 바랐다. 지카가 목표하는 곳에 도달한 인간은 아직까지 없다고, 랑은 지카의 실패를 목격한 것처럼 말했지만 그곳에 도달한 인간과는 절대 만날 수 없다는 점을 생각하면 랑의 말은 바람일 뿐이다.

"너는 모든 날들을 사진처럼 다 떠올리는 거지? 어떤 왜곡도 없이."

고개를 끄덕였다.

"좋네. 그건 정말 부러워."

"인간은 어떤 식으로 떠올리지?"

"슬픈 거부터."

한 글자씩 혀로 뭉개는 듯한 느린 말투.

"내가 잘못했던 것들을, 내 마음을 아프게 하는 상대방의 모습을."

지카는 나를 보고 있지만 보고 있지 않다. 이 말은 모순적이지만 인간은 가끔 사물 너머의 무언가를 본다. 지카를 따라 겉대중을 해보자면 지카는 지금, 나를 보며 자신의 기억이 왜곡시킨 슬픈 랑을 떠올리고 있다.

"더 슬프게."

"인간의 기억은 그림이군."

지카의 얼굴에 의문이 핀다. 내 비유를 이해하지 못한 모양이다. 하지만 지카는 끝끝내 자신의 의문을 밝히지 않는다. 별로 중요하지 않다는 듯이. 지카가 벽에 기대었던 몸을 일으킨다.

"나는 이제 내 마지막 남은 삶을 보낼 곳으로 갈 건데, 너도 가자. 너 역시 이제 여기에는 아무것도 남아 있지 않잖아."

"더는 떠나지 않는다고 하지 않았던가."

"동쪽으로 대략 600킬로미터를 내려가면 바다가 있어. 해안가가 절벽으로 만들어진 곳이라 바다를 보는 것밖에 달리 할 것은 없지만 파도 소리가 기가 막히거든. 해안가를 달리는 말과 살아남은 코끼리 가족이 있지. 막이 내리는 이 시대에 마지막까지 살아남은 것들이 똘똘 뭉쳐 있어. 거기로 갈 거야. 거기서 다시는 여기로 오지 않을 거야. 더는 떠돌지 않을 거야."

감파른 바다에 관한 이야기를 한 적이 있다. 랑이 조의 등에 업혀 있을 때 보았던 바다에 대해. 앞이 보이지 않을 만큼 뿌연 안개 탓에 조가 방향감각을 상실한 채 걷고 있을 때 어디선가 절벽을 내리치는 파도 소리가 들렸고, 그 순간 거짓말처럼 안개가 걷히며 사막은 허용하지 않는 색의 바다가 펼쳐져 있었다고. 한 걸음만 더 내디뎠다면 조와 랑은 절벽 아래로 추락했을 거라며, 랑은 바다가 조에게 경고를 준 것이라 이야기했다. 그 기억 역시 그림일 확률이 높다.

어쨌거나 지카는 바다로 간다. 600킬로미터 떨어진 바다에 또다시 살아서 도착하는 건 지난번보다 확률이 더 낮은 일이다. 지카는 2년 전보다 많이 노쇠했다.

내 대답이 느려지자 지카가 말을 덧붙인다.

"명령은 아니야. 나는 네 동행인이 아니니 내 말을 들을 필요는 없어."

"하지만 내게는 동행인이 없는걸."

"그걸 자유라고 하잖아."

내 답이 늦자, 지카가 웃는다.

"그 단어를 너한테 쓰니까 기분이 이상한가 보지?"

"친근하다고 느껴지지는 않는군."

"하지만 너는 제대로 된 통제를 받은 적도 없을 거야. 너는 2844년에 만들어졌다고 네 몸에 새겨져 있어. 얼마나 활동했는지는 모르지만 다른 고철들에 비해 비교적 멀쩡하게 매장된 상태였지. 전원이 켜 있던 시간보다 꺼져 있던 시간이 더 길다고."

"그런가. 옛 메모리는 재생되지 않아서 알 수 없다."

"다행이지. 살인 기계 따위가 기억을 가지고 있으면 더 문제니까."

근거 없는 추측은 자제해달라고 말하려 한 순간 지카는 아까처럼 내 생각을 읽은 듯이 말을 가로챈다.

"지키기 위해 만들어졌다는 것과 죽이기 위해

만들어졌다는 건 같은 말 아니겠니? 지키기 위해 죽여야만 한다면.”

“아니. 나는 내 쓰임 자체를 모른다. 지켜야 했다면 나는 무얼 지켰던 거지?”

“너는 전쟁시대에 만들어졌어.”

지카는 말끝을 잘라내듯 대답한다.

“무엇을 지키려 했다는 게 뭐가 중요해. 그것을 지키기 위해 무얼 했느냐가 중요하겠지.”

현 인류는 이전 인류를 증오한다. 그럼과 동시에 선망한다. 반짝이던 문명의 전성기를 누렸던 이들을. 49세기가 존재하리라 믿지 않았을, 어쩌면 그때를 생각할 필요도 없던 시대를.

“나를 위험한 존재라 생각한다면 왜 동행을 제안하지?”

“내가 가려는 곳은 고작 바다니까.”

하지만 ‘고작’이라는 단어를 붙이기에 바다는 사막만큼이나 무자비하고 사납다. 사막과 바다는 어떤 것도 토해내지 않고 끊임없이 집어삼킨다는 점에서 닮았고, 한쪽은 고요하지만 한쪽은 거칠다는 점에서 다르다. 바다를 이길 수 있는 건 사막뿐이고, 사막을 이길 수 있는 건 바다뿐이다. 그러니 사막으로부터 도망치려는 지카는 바다를 고작이라 표현할 수 없다.

"무섭게 내리쳐도 결코 절벽을 넘지 않는 바다일 뿐이지. 지구의 회전을 따라 흔들리는 찻잔 속의 물일 뿐이고. 바다를 두려워하는 건 인간의 본능이야. 딱 그뿐이야. 우리가 닿지 못해 알지 못할 뿐 바다는 비밀을 품지 않아."

"말이 두루뭉술해서 이해가 쉽지 않군. 하고자 하는 말이 뭐지?"

지카는 한참 뒤에 입을 연다.

"나는 더 바라지 않아. 그러면 돼."

지카의 얼굴에서 두려움이 읽힌다.

지카는 무언가를 찾으러 갔다고, 지카가 떠난 날 랑이 말했다. 찾으면 돌아올 거라는 말로 랑을 위로했다. 하지만 랑은 확신에 찬 말투로 대답했다.

'아니, 찾으면 돌아오지 않아, 그러니까 찾지 않길 바라야 해.'

어딘가로 떠나는 사람 중 몇몇은 랑의 집에서

정오의 햇빛을 피하곤 했다. 물은 주지 못하더라도 그늘은 마음껏 나눌 수 있다는 것이 조의 신념이었다. 사막을 횡단하는 이들의 짐은 늘 단출했다. 사막을 건너려면 많은 준비가 필요하지만 동시에 너무 많은 것을 가져서는 안 된다고. 그 정도를 아는 자에게만이 사막을 건널 수 있는 자격이 주어진다. 그렇지만 자격이 생존을 보장하는 것은 아니다. 그것은 운이라고, 모든 게 다 준비된 채로 들어가도 생과 사의 줄다리기에서 어느 편에도 서지 못한다고, 이태 전 사막에서 동료를 잃은 인간이 말했다. 동료는 전조 없이 쓰러졌고, 그대로 숨을 거두었다. 왜 죽었는지 알지도, 알아낼 수도 없는 채로 그들은 시체를 그곳에 두고 떠났다. 죽은 동료에게 해줄 수 있는 것이 아무것도 없었으므로 사막이 자연스럽게 그를 품기를 바라면서. 그런 면에서 그들이 그 긴 시간 동안 죽지 않았다는 것은 기적에 가까웠다. 그들은 랑의 집이 '그곳'에 도착하기 전에 마주친 마지막 집일 것 같다고, 어쩐지 그런 예감이 든다고, 랑의 집을 지나 마주칠 드카르가 언덕 너머에 무엇이 있는지 표시한 지도가 없다는 점이 더 그렇게 느껴지게 한다고. 드카르가 언덕 너머가 표시된 지도가 없는 이유는 두 가지로 해석할 수 있다. 표시할 게 없거나, 언덕 너머를 목격하고 돌아온 사람이 없거나.

그곳은 멈추지 않는 폭풍이 커다란 절벽처럼 서 있는 곳이다. 인간들은 그것을 '드카르가의 검은 벽'이라고도 불렀다. 랑의 집에 머물렀던 인간들 말에 따르자면 그 절벽은 해마다 조금씩 커지고 있다. 그 말은 사실일 것이다. 사막의 끝이라 부르는 드카르가의 검은 벽은 처음 마주쳤던 그때보다 훨씬 가까워져 있다. 조는 랑이 자신의 나이가 되면 이사를 해야 할지 모른다고 이야기했었지만 랑은 당신 나이까지 살지 못했다. 조, 당신도 당신의 부모보다 이른 나이에 죽었고 랑도 마찬가지였다. 랑에게 아이가 있었다면 그 아이도 랑보다 더 짧게 살았을 것이다. 어쩌면 당신도 그걸 알기에 '당신 나이가 되면'이라고 표현했을지도 모르겠군. 랑이 노인이 됐을 때가 아니라.

그렇게 위험한 절벽인데도 인간들은 넘으려 했다. 한두 명이 아니라 한 해에도 수십 명이 드카르가의 검은 벽으로 걸어간다. 계속해서.

"지카. 지난 5년간 너는 무엇을 찾다 온 거지?"

"과거로 가는 땅."

장난을 칠 때 지카는 미간을 찌푸리는 식으로 안면 근육을 평상시보다 더 많이 사용하지만, 지카의 얼굴은 평온하다. 지카의 입에서 나오기에 터무니없는 문장이다. 어쩌면 이 말은 랑과 더 어울린다.

"그건 인류가 만들어내지 못했다."

지카가 웃으며 고개를 젓는다.

"업데이트가 안 돼서 그래. 너는 그게 만들어지기 전에 묻혔잖아."

"만들어졌다는 말처럼 들리는군. 확인된 사실인가?"

"드카르가 언덕 너머 멈추지 않는 돌풍의 시작점에 그게 있대. 그것이 바람을 일으켜 드카르가의 언덕을 검은 벽으로 만들었다고들 해. 물론 두 눈으로 직접 보고 말해준 사람은 없어. 거기까지 갔다면 다시 이곳으로 올 인간은 없을 테니까. 그곳에 도착하면 모든 걸 이룬 거니까."

"삶의 목적을 위해 인간들이 만들어낸 낭설처럼 들린다."

"그럴지도 모르지."

내 말이 비아냥거림처럼 느껴졌을 텐데 지카가 순순히 인정한다.

"목격자의 진술이 없다는 말은 반대로 해석하면 확실하게 없다고 할 수도 없는 거잖아?"

"인간은 헛된 희망을 품는군."

"완벽한 희망을 품어야 하나?"

"……."

"그게 말이 되는 문장이기는 하고?"

순간 마땅한 대답이 떠오르지 않는다. 내가 답할 수 있는 영역의 물음이 아니다. 나는 희망이 인간에게 어떤 의미인지 모른다. 어떤 것이 더 인간을 살게 하는지 알 수 없다.

"과거로 갈 수 있다는 말을, 랑은 믿지 않았나?"

"믿었지. 랑도 보고 싶어 했어. 어떤 인간이 그걸 마다하겠어? 푸르렀던 시대로 갈 수 있다는데. 믿었지만 선택하지 않은 것뿐이야. 처음에는 조를 두고 갈 수 없었고, 조 다음에는 너를 두고 갈 수 없어서."

단 한 번도 랑에게 이런 이야기를 들어본 적 없었으므로 나는 지카의 말을 온전히 받아들이기가 힘들다.

"어쨌거나 섭외 실패네. 말동무가 되어줄 줄 알고 기대했는데. 그래도 너무 단칼에 거절하지는 말고. 이틀 뒤에 떠날 거야. 그날이 해가 짧아지기 시작하는 때이거든. 그러니까 이틀 동안 너도 고민해봐. 이곳에 혼자 남을 건지, 나와 함께 떠날 건지."

나에게는 어려운 문제다.

"아니면 또 다른 선택지를 만들 건지."

오로지 내 결정을 따라 선택한다는 것. 그리고 새로운 선택지를 만든다는 것.

'마음에 드는 걸 골라.'

랑이 물었다. 치켜뜬 두 눈에 밤하늘에 뜬 별을 가득 담고서. 나는 랑의 작은 손바닥에 놓여 있는 두 개의 조개껍질을 내려다보며, 여태껏 들어왔던 말 중 가장 난해하고 어려운 그 질문을 곱씹었다.

내게는 인간을 실망시켜서는 안 된다고 설정된 본능, 다르게 말하자면 어떤 상황에서도 답을 찾아야만 하는 숙명이 깃들어 있었으며 랑에게 '마음에 드는 게 없다'는 말 따위 하고 싶지 않았다. 하지만 그렇게 생각하면서도 오래도록 대답하지 못했다. 이 질문에 대답을 하려면 마음에 드는 것이 있어야 하니까. 하나는 등이 넓은 흰색이었고, 다른 하나는 등이 좁지만 물결무늬가 새겨져 있었다. 조에게 부탁해 잡상인에게서 샀거나 얻은 것으로 추정된다. 랑은 그런 식으로 낯선 물건들을 가져와 나에게 소개하고 선물하기를 즐겼다. 그러니 랑은 내게 선물하기 위해 물었으리라. 다만 일방적으로 물건을 건넸던 전과 방식이 달라졌을 뿐. 내가 오래도록 조개껍질만 바라보고 있자, 랑이 입을 열었다.

'대답하기 어려워? 그럴 땐 반대로 나한테 마음에 드는 게 뭐냐고 물어보면 돼.'

'랑, 이 둘 중에 뭐가 마음에 들지?'

랑은 조개껍질을 내려다보며 미간을 찌푸렸다가 이내 물결무늬가 새겨져 있는 것을 내게 내밀었다.

'나는 이게 더 마음에 들어. 그러니까 이걸 고고가 가져.'

'마음에 드는 걸 가져야 하는 거 아닌가?'

'아니, 마음에 드는 걸 선물해야 해. 그래야 너한테 준 걸 내가 보고 싶어서 자꾸 너를 보러 오지.'

그렇게 말하면서도 랑은 내게 내민 조개껍질에서 눈을 떼지 못했다. 나는 랑이 준 조개껍질을 받아 다시 랑의 손바닥에 올려주었다.

'그럼 랑이 이걸 가져야지. 나도 이게 마음에 들거든.'

아무도 없는 랑의 집에서 서서 이틀을 보냈다. 그동안 세 번의 강한 모래 폭풍이 불어닥쳤다. 창문이 깨지면 수리하기 위해 태세를 갖추어 유심히 지켜봤지만 유리는 종이처럼 요동치다 잠잠해졌다. 벽이나 지붕도 헐지 않아 고칠 곳이 없었다. 결국 이틀 동안 해야 할 것이 없고, 나를 부르는 사람이 없어 해가 뜨고, 폭풍이 불고, 노을이 지고, 밤이 오는 걸 지켜봤다. 랑은 하루에 한 번씩 유리창에 이마를 맞대고 서서 밖을 보고는 했다. 무언가를 골똘히 바라보던 시선을 기억한다. 목표물을 쫓는 것처럼 움직이던 눈동자. 나는 그때 랑이 보았던 것이 무엇인지를 찾을 셈으로 창밖을 응시했지만 초점을 어디에 두던 밖은 사막뿐이다.

도착했을 때 지카는 배낭을 메고 있었다. 인간이 목숨을 유지하며 600킬로미터를 횡단하기 위해 꾸린 짐치고 배낭은 턱없이 작았다. 물과 식량, 그리고 외부 위험으로 안전하게 잠을 청할 수 있는 보호막 중 하나만 넣어도 전부 찰 것 같은 크기였다. 배낭을 가리키며 조금 더 큰 걸 가져가야 할 것 같다고 말을 얹으려 했지만 지카가 먼저 입을 열었다.

"나랑 같이 안 갈 거구나?"

나는 속절없이 고개를 끄덕인다. 이런 상황에서 인간이 원하는 건 망설임과 미안함의 기색이겠지만, 그런 세밀한 표현은 내게 무리다. 지카는 어떻게 내가 동행하지 않을 거라는 걸 알았을까. 지카뿐만 아니라 랑도 그랬다. 내가 말을 꺼내기도 전에 알아차리고 먼저 말하고는 했지. 내가 미안해하거나 난감해해야 하는 상황에서.

"그럴 줄 알았어."

심지어 지카는 그것마저 알았다고 한다.

"섭섭한 건 어쩔 수가 없네."

"같이 가주기를 원하나?"

"내가 그렇다고 대답하면 너는 그렇게 해주겠지?"

"그렇다."

지카가 원한다면. 랑에게도 그랬듯이.

"그럼 그렇다고 안 할래. 너 필요 없어. 너 알아서 살아."

하지만 한순간 대화의 흐름이 전복되며 지카가 나를 거부한다. 예상치 못했던 반응에 대답이 즉각 떠오르지 않는다. 나는 차분히 고개를 끄덕인다. 내가 할 수 있는 반응이란 어차피 고작 그 정도뿐이다.

지카가 집을 나서며 묻는다. 지카의 등 너머로 동이 트고 있다.

"그럼 너는 이제 어디에 있게? 정하기는 했어? 설마 계속 그 집에 덩그러니 있을 생각은 아니지?"

이틀 동안 벽을 바라보며 등이 넓은 조개껍질과 물결무늬 조개껍질을 떠올렸다. 랑이 던졌던 질문과 그 질문을 다시 랑에게 묻는 선택 외에 내가 할 수 있었던 제3의 선택이 무엇인지를.

'마음은 중요해.'

랑의 말에 나는 마음이 없다고 대답했고, 랑은 아니라고 고개를 저었다.

'마음은 목적이야. 네 목적에 가장 빨리 닿으려고 애쓰는 게 마음이야.'

내게는 랑을 행복하게 해줘야 한다는 목적이 있다. 행복을 웃음과 편안함과 숙면 정도로만 추측할 수 있으면서 감히 그런 목적을 가지고 있다. 고로 마음에 드는 걸 가지라던 랑의 질문에 대한 옳은 선택은 내 목적을 이루기 위한 선택이었으면 된다는, 너무 뒤늦게 해결책을 찾았다. 조개껍질 두 개, 전부 랑에게 주었으면 됐다.

"나는 그곳에 가볼까 한다."

"그곳?"

지카는 곧장 답을 찾은 것처럼 놀란 표정을 짓는다.

"가고 싶은 과거가 있는 모양이지? 네가 만들어진 이유를 알고 싶어지기라도 했어?"

대답해주고 싶지만 랑이 과거로 가는 땅을 보고 싶어 했기에 그렇다는 이유가 지카에게 퍽 시시하게 느껴질까봐 굳이 말을 하지 않는다. 그러면서 다른 때와 마찬가지로 말하지 않아도 지카가 알아차렸을 거라고 생각한다. 내 생각을 마음으로 표현할 수 있다면 이기적이었을.

"지카, 너는 다시 그곳을 찾을 생각이 없나?"

"응, 나는 이제 없어. 별로 남지도 않은 인생을 찾는 것에 쓰고 싶지 않아, 이제."

지카는 대답을 채근하지 않고, 마치 애초에 자신은 질문 따위 하지 않았다는 듯 유연하게 대답한다.

"너는 어떤 과거로 가려고 했지?"

단 한 번에 애처로워질 수 있는 저 눈은 인간의 무기다.

"나무를 보고 싶었어."

나는 영원히 할 수 없을.

"여기서 북쪽으로 올라가다 보면 자하 차로크

협곡 부근에 비틀어진 나무가 있어. 뿌리가 박혀 있는 나무야. 보기 드문 나무지. 어떤 나무인지는 모르겠어. 강을 굳힌 것처럼 휘어진 몸통과 하늘에 박혀 있는 것처럼 뻗은 줄기가 아름다워, 무척이나. 처음 본 날부터 지금까지 잊히지 않을 정도로. 그래서 보고 싶었어. 잎을 피운 그 나무가. 그때는 얼마나 더 아름다울지 상상이 안 가."

역시나 이해할 수 없다.

우리는 집 앞에서 인사를 나눈다. 다시 만나자는 기약을 하지 않는 인사다. 지카는 자신이 가지고 있던, 오래전 이슬람문화권에서 걸쳤던 베일과 비슷한 검은 천으로 내 얼굴과 몸을 감싼다.

"화상을 입을 리는 없는데."

내 말에 지카가 코웃음을 친다.

"지구에 전지전능한 존재는 없어. 햇빛에 과열되면 전선이 불타거나 녹아내릴 거고 거센 모래폭풍 뒤에는 네 몸 구석구석에 모래가 껴서 부식될 거야. 그럼 너도 죽어."

지카는 천이 흘러내리지 않도록 단단히 동여맨다.

"랑이 너를 발견한 건 열 살이었던 4873년 세 달. 그 애는 너를 발견하자마자 무척 좋아했어. 조의 염려는 아랑곳하지 않고 너를 데려가지 않으면 여기서 꿈쩍도 하지 않을 거라고 단호하게 말했지. 네 전원이 들어올 때까지 얼마나 지극정성으로 돌봤는지 몰라. 망설임 없이 고고라는 이름을 지어주고. 나는 아직도 그때의 랑을 이해할 수 없어."

"랑은 이해할 수 없는 말을 자주 했지."

"맞아. 가끔 나한테 그런 소리도 했어. 고고, 너를 만나게 될 거라는 걸 자기는 알고 있었다고. 네가 자신을 찾아올 걸 알고 있었대. 참 이상한 애야. 사랑스러울 정도로. 네가 정말 과거로 가게 될까? 뭐, 어쨌든 그냥 말해봐. 인간은 헛되니까. 랑을 다시 만나게 된다면 그 애에게 꼭 말해줘. 나를 말리라고. 랑의 옆에 붙어 있도록 떠나지 못하게 하라고."

지카가 마지막 말을 건네고 떠난다.

"잘 가, 고고."

해가 뜨는 방향으로.

잘 가, 지카.

한참을 걸어도 풍경이 달라지지 않는다. 달라지는 게 없으니 얼마큼 걸어왔는지, 시간이 얼마나 흘렀는지도 알 수 없다. 금방 닿을 것 같던 드카르가의 언덕도 제자리다. 나는 발을 떼지 않은 채 주위를 둘러보다 다시 걸음을 뗀다. 모래에 파묻히지 않도록 최대한 발을 높게 들어 천천히 내려놓는다. 랑에게 배운 걸음걸이다. 이렇게 걸으면 발가락에 모래가 덜 들어간다며, 까치발을 할 때처럼 살금살금 걷던 랑의 작은 발이 떠오른다. 맞는 신발이 없어 열세 살이 될 때까지 조가 천을 엮어 만든, 신발보다 양말이라는 호칭이 더 맞는 신을 신던 발. 가끔씩 정오에 사막을 건너야 할 때면 밑창이 없는 발이 다치지 않도록 내게 업히고는 했다.

모래에 자국을 남기지 못했던 발만큼이나 무게감 없던 질량을 기억한다. 과감하게 상체를 젖히며 내가 놓지 않으리라 굳게 믿던 몸짓. 발밑에 머물던 짧은 그림자를 통해 보았던 랑의 흐트러진 머리카락. 랑은 자신의 키가 커지고 몸무게가 늘

면 내가 자신을 더는 업지 못할 거라 했지만 랑이 사막을 떠도는 거대 트랙터만큼 커지지 않는 이상 언제까지나 랑을 업을 수 있었다. 나는 그럴 수 있었고, 그럴 준비도 되어 있었고, 그래야겠다고 정해두었지만 정작 문제였던 것은 랑의 키나 몸무게가 아닌 잴 수 없는 랑의 마음이었다.

선명했던 랑의 마음은 점점 알 수 없는 세계로, 피와 살로 이루어지지 않은 나 따위는 접근할 수 없는 복합적인 세상으로 향했다. 그곳에서 랑은 몇 번이나 자신을 분리했다 멋대로 조합했다. 이 표현을 쓴 건 조이다. 조가 나에게 말해준 것이다.

'랑은 스스로를 다시 맞추고 있는 거야, 진짜 자신의 형태가 무엇인지, 어떤 형태가 자신과 더 잘 어울리는지 알기 위해서.'

나는 랑의 그대로가 좋다고 조에게 말했다. 그러자 조는 그 모든 일은 외부에서 일어나는 것이 아니라 아주 조용히, 아무도 침범할 수 없는 랑의 깊은 곳에서 일어나고 있으므로 우리가 해줄 수 있는 건 그저 기다리는 것밖에 없다고 말했다. 섣불리 랑의 내면에 들어가려 했다가 영원히 세계가 닫힐 수도 있으므로, 그러니 기다려야만 한다고.

그래서 나는 언제든 랑이 내 등에 업힐 수 있도록, 원한다면 언제든 나를 사용할 수 있도록 준비했지만 랑은 수천 번 자신을 분해하고 조립한 뒤에 더는 내게 업히지 않았다. 자신이 너무 크다는 이유였다.

사막의 모래가 한 방향으로 쓸려 가기 시작한다. 조금 전까지 바람 한 점 불지 않았던 곳이라 믿기 힘들 정도로 순식간에 거센 폭풍이 몰아친다. 피할 곳이 없어 나는 몸을 웅크린다. 등 뒤로 펄럭이는 천이 날아가지 않게 꽉 붙잡는다. 모래가 타닥타닥 장작 타는 소리를 내며 몸에 부딪친다. 폭풍이 언제 끝날지 아무도 알 수 없다. 짧으면 스쳐 지나가는 폭풍이겠지만 길면 이틀을 넘기는 경우도 있다. 그렇게 긴 폭풍이 지나가면 주변 지형이 바뀐다. 집이라면 괜찮겠지만 이정표 하나 없는 사막 한가운데에서는 그 변화가 복병이다. 나는 내 발가락 끝을 응시한다. 발가락 끝이 가리키는 곳이 내가 가야 할 방향임을 확인한다.

순식간에 어둠이 덮친다. 탁탁, 타닥, 타다닥, 탁

탁. 모래가 몸에 부딪친다. 서 있을 수 없어 몸을 잔뜩 웅크린다. 어서 지나가기를 기다린다.

폭풍이 그쳤을 때는 사방이 캄캄했다. 무릎 사이로 수그리고 있던 고개를 든다. 묵직하게 내리누르는 모래가 느껴졌지만 다행히 수월하게 고개가 모래 밖으로 빠져나온다. 붉게 물든 하늘과 다시 고요해진 사막이 있다.

몸을 일으키자 모래가 내 골반까지 쌓여 있다. 조금만 더 쌓였어도 무게에 눌려 빠져나오지 못했을 것이다. 허벅지를 들어 올린다. 발끝의 방향이 바뀌지 않도록, 아주 천천히. 한쪽 다리를 지상으로 꺼낸 다음 두 팔로 땅을 짚고 나머지 다리도 끌어 올린다. 모래 수렁이 생기지 않은 건 천운이다. 하지만 방심할 수 없다. 한차례 모래가 뒤섞인 뒤에는 어디에 수렁이 생길지 모른다. 몸에 남은 모래를 턴다. 지카가 둘러준 천에서 모래가 후드득 떨어진다. 천이 아니었다면 관절마다 모래가 끼었으리라. 꼬박 사흘 동안 꼼짝 않고 누워 모래를 빼내야 했던 그날이 재생된다. 이제 다시 반복할 수 없는 장면이다.

사막은 또다시 모습을 바꾸어 혼란을 주지만 나는 내 발끝이 향한 곳으로 걷는다. 수렁을 피해 가기 위해 한 발자국씩 천천히, 진동에 따른 모래의 움직임을 살피며 걷는다. 하지만 몇 걸음 걷지 못하고 걸음을 멈춘다.

쿵, 쿵. 둔탁한 진동이 느껴진다. 시선이 닿는 반경에는 어떤 사물도, 형태도 보이지 않는다. 판단 실수인가. 하지만 그때 다시 한 번. 쿵, 쿵! 아까보다 더 큰 진동과 소리가 들린다. 그것은 실존하는 진동과 소리다. 그리고 곧 소리의 진원지가 땅인 것을 발견한다. 쿵. 소리가 들리자 발밑 모래들이 흩어진다. 나는 무릎을 굽혀 앉아 소리 센서가 있는 뺨을 땅 바닥에 붙인다. 자세히 들어보니 '쿵'보다 '퉁'으로 표현하는 게 더 적확하다. 끝이 뭉툭한 막대기로 딱딱한 무언가, 동시에 소리를 흡수하는 나무판자 따위를 두드리는 소리다. 내 추측이 맞는다면 모래 밑에서 누군가가 천장을 치는 것이다. 그렇다는 건 조금 전 폭풍으로 모래 아래에 사람이 묻혔다는 것과 같을까.

현재로써 이 가능성을 확인할 길은 소리의 진

원지를 알아내는 것밖에 없으므로 나는 곧장 손으로 모래를 파헤친다. 무언가를 치고 있다는 건 공간이 있다는 뜻이다. 폭풍이 지나간 지 오래 되지 않았으니 그렇게 다급한 상황은 아닐 테지만 밑에 갇힌 사람에게는 언제 밖으로 나올 수 있을지 알 수 없는 공포의 시간일 것이다. 구덩이가 깊어질수록 진동과 소리가 더 커지고 머지않아 손끝에 판판한 판자가 닿는다. 판자를 덮고 있던 모래가 사라진 부분에 다시 막대기가 닿는다. 조금 전보다 훨씬 가볍게 명쾌한 소리. 아주 잠시 적막이 흐르고 곧 판자를 뚫을 듯 무언가가 막대기로 쾅쾅! 치기 시작한다. 나는 속력을 내 모래를 파헤치고 판자를 치는 행위에도 힘을 싣는다. 들썩거리는 판자는 곧 열릴 듯하고, 그 생각을 함과 동시에 판자 위에 남아 있던 모래를 높게 튕기며 입이 벌어지듯 문짝이 벌컥 열린다. 그 안에서 불쑥 튀어나온 손가락을 홀린 듯이 붙잡아 끌어 올린다. 그러자 머리가 하얗게 센 인간이 등장한다.

모래에 주저앉아 거친 숨을 내뱉던 인간이 나를 흘겨본다. 인간의 이마에 땀이 맺힌다.

"인간이 아니군. 그렇지만 고마운 건 똑같네."

인간이 옷과 머리에 묻은 모래를 턴다. 그 손길이 다소 거칠고 투박하다.

"니미럴. 자고 있는데 별안간 폭풍이 불 건 뭐야. 하마터면 산 채로 관에 갇혀 죽을 뻔했어."

내가 모래를 파헤치지 않았다면 인간은 정말 산 채로 죽었을 것이다. 살아 있는 사람이 밀폐된 공간에서 장시간 머물면 좁은 공간에 대한 공포심이 생겨 신경증으로 이어질 수 있다. 그로 인해 환각이나 과호흡 증상이 나타날 수도 있으나 다행히 내 앞에 있는 인간에게서는 그 어떤 증상도 보이지 않는다. 갇힌 지 오래되지 않았을 확률이 높지만 아주 짧은 시간에도 증상을 호소하는 인간이 존재했으므로 애초에 불안증이 적은 인간일 수도 있다. 어쨌거나 이유가 무엇이든 그 상황이 인간에게 트라우마로 남지 않았다면 다행인 일이다.

모래를 다 털어낸 인간이 바지 주머니, 그러니까 여덟 개의 주머니 중 왼쪽 엉덩이에 달려 있는 주머니에서 가죽 장갑을 꺼내 낀다. 그리고 곧장 하늘을 향해 열려 있는 문짝을 붙잡아 당기지만 꿈쩍도 하지 않는다. 당연하다. 저 인간이 웅크려 들어가 있었다고 해도 정사각형의 길이와 높이가 최소 100센티미터 정도는 되어야 한다. 거기에 폭풍에 휩쓸리지 않은 것으로 보아 무게까지 나갈 것이고 심지어 문이 열리며 모래까지 쓸려 들어갔다. 모래에 파묻힌 그 정도 크기의 상자를 인간 혼자 꺼내기란 쉽지 않을 터였다. 역시나 인간은 몇 차례 더 시도하다 손을 놓아버린다. 인간이 이맛살을 구기며 나를 본다.

"로봇 양반, 갈 길이 바쁘지 않으면 나를 좀 도와줬으면 좋겠는데."

나는 인간과 함께 문을 붙잡아 당긴다. 여러 번 실패했지만 인간은 포기하지 않는다. 상자에 담긴 모래를 퍼내며 조금씩 상자를 밖으로 끌어 올린다. 경첩 부분이 금방이라도 떨어질 듯 덜컹거렸지만 다행히 문짝이 떨어지기 전에 직사각형 모양의 나무 상자가 모래 밖으로 빠져나오며 인간이 엉덩방아를 찧는다. 꽤 오래 뒷걸음질한 후에야 전부 빠져나올 수 있었는데, 역시나 가로 길이가 인간이 다리를 뻗고 잘 정도의 길이이다. 모서리에 달려 있는 둥근 쇠막대에는 검은 끈이 묶여 있었다. 상자가 움직이지 않도록 땅에 고정하는 용도였을 테지만 이번 폭풍에서는 효과를 발휘하지 못한 모양이다. 인간이 자리에서 일어나 상자를 밀어 돌린다. 상자는 조그만 움직임에도 어그러지는 소리를 냈다. 사면이 똑같은 줄 알았더니 한쪽 면에 창문이 있다. 다리부터 집어넣어 눕는다면 딱 얼굴이 있을 위치다.

"완전히 갔네, 갔어. 쯧."

유리창을 손으로 누르며 인간이 혀를 찬다. 유리는 조그만 힘에도 나무틀과 분리될 것처럼 한쪽 모서리가 들썩였다.

"그만 괴롭혀야겠지?"

인간이 돌연 나를 보며 묻는다. 그만 괴롭혀야겠다는 말은 상자를 버려야겠다는 말을 돌려 한 것. 랑도 자주 쓰던 표현이다. 사물에 붙이기에 적확한 표현이 아니라고 지적했지만 그럴 때마다 랑은 눈을 매섭게 뜨고 반박했다.

'의자 들으라고 하는 소리겠어? 내 마음의 문제야, 이건.'

"그러는 게 좋지 않을까? 그 상자, 꽤 괴로워 보이는데."

인간이 별안간 웃음을 터트린다. 끼고 있던 가죽 장갑을 벗고 상자의 결을 어루만진다.

"괴롭겠지. 수명을 훌쩍 넘긴 놈을 여태껏 붙들고 있었으니. 갈 길 바쁜가, 자네? 아니라면 간만에 이야기 나누고 싶은 상대인데 나한테 시간 좀 내보겠어?"

내 시간을 묻는 인간은 처음이다. 추상적인 개념이었던 것이 처음으로 분명하게 느껴진다. 내게도 시간이 있다는 것이.

인간의 이름은 버진이다. 나이는 모른다. 버진은 날을 헤아리지 않았고, 그렇기에 마지막으로 기억하는 나이에서부터 지금이 얼마나 흘렀는지 알지 못한다. 버진이 마지막으로 기억하는 자신의 나이는 열한 살이다.

"그때까지는 어머니가 꼬박꼬박 나이를 알려줬어. 하지만 어머니가 돌아가시고 얼마 안 지나서 곧장 잊어버렸지. 별 필요도 없는 것 같아서 굳이 알려고 하지 않았던 것도 있지만."

버진이 주머니에서 꺼낸 접힌 천 안에는 말린 낙타 고기와 곤충이 있었다. 한입에 다 털어 넣어도 허기를 채울 수 없을 것 같은 양이다. 하지만 버진은 그마저도 조금씩 떼어 입에 넣는다.

"굳이 나이를 다시 헤아려야 한다면 나는 이제 열두 살이 되었다고 말할 예정이야. 내가 내뱉기에는 너무 웃긴 나이지?"

말을 마친 버진은 소리를 내며 웃는다. 버진이 그렇게 웃는 이유를 안다. 내가 보기에 버진은 못해도 조와 같은 나이이거나 조보다 나이가 많을 것이다. 버진의 목과 손등의 주름이 그렇게 설명하고 있다.

"나이는 질병을 예측하기 위한 기준점이다."

조가 했던 말을 버진에게 한다.

"나이를 알면 대비할 수 있어서다."

"질병을 예측하기 위해 나이를 헤아린다라……. 팍팍하고 지긋지긋한 이유인걸? 차라리 아무것도 모르고 죽는 게 낫겠어."

"하지만 질병은 생존과 직결된다. 중요한 문제지."

"인간이 꼭 살려고 아등바등 애쓰는 것처럼 들리는군."

버진이 몇 입 먹지 않은 식량을 다시 천으로 감싼다.

"생존에 대한 욕구는 모든 생명에게 주어진 것인데."

"인간이 왜 사막을 무서워하는 줄 아나?"

버진이 내 말과 전혀 상관없는 말을 꺼낸다. 하지만 회피처럼 보이지 않는다. 나는 내가 알고 있는 적당한 지식을 이야기한다.

"생명 유지에 사막은 아무런 도움도 되지 않기 때문이지. 물도, 먹이도 없으니까."

"조용해서야."

말을 마친 버진이 옅은 웃음을 머금으며 입을 다문다. 주변이 한순간에 적막해진다. 하지만 이곳이 조용하다고 느끼는 건 인간 감각의 한계일 뿐, 실제로는 아닐 터였다. 인간의 청각기관이 감지할 수 없는 소리가 사방에서 쉬지 않고 불어닥치고 있으리라. 모래를 걷는 전갈의 걸음과 새의 날갯짓, 대기권에서 타들어가는 유성과 지금도 우리를 스치고 있을 우주의 전파까지. 사막은 시끄럽다. 소란스럽고 가득하지만 인간에게 허용되지 않는다. 그건 꼭 토라질 때마다 입을 다물고 침묵을 유지하는 랑의 고집과 닮았다. 나에게 화가 났음을 몸으로 말하던 행위. 내가 알아차릴 때까지. 그렇다면 이 사막도, 사막인 적 없던 이 땅도 인간에게 화가 났음을 침묵으로써 표현하는 중일지도 모른다는 우스운 비유를 해본다.

"사막이 조용하다고 느끼는 건 인간의 청각 기능의 한계일 뿐이다."

"그럼 더 무섭지 않겠나? 인간을 철저하게 배제시키는 공간이라니."

"그렇다면 소리가 있다면 무섭지 않나?"

"외롭지 않을 테니."

물도, 식량도 아니라 침묵이 인간을 두렵게 하는 거라면 이 사막에서 인간에게 필요한 소리가 무엇인지 추측한다.

가령 랑의 목소리 같은 것.

고고.

나를 부르던 목소리 같은 것.

"처음 보는 형태의 로봇인데 어디서 무슨 일을 했지? 내가 잠시 자네 몸을 좀 살펴봐도 되겠나?"

버진이 나를 위아래로 훑으며 묻는다. 내가 고개를 끄덕이자, 버진은 천천히 내 주위를 돈다. 나는 두르고 있던 천을 잠시 치운다. 버진이 등 뒤에 멈춰 서서 머리부터 등까지 손으로 쓸어본다.

"그 말은 나 같은 로봇이 더 있다는 말로 들리는군."

"있고말고. 이 세상에 식물 키우는 법은 몰라도 기계 만질 줄 아는 놈들은 쌔고 쌨다고. 그런데 보아하니 자네는 그것들과 작동 원리가 다른 것 같군. 전원이 꺼지고 그러나?"

"가끔 그렇다. 자주는 아니고."

등허리까지 내려왔던 손은 다시 뒤통수에 닿는다.

"오호, 이 부분이 마치 자수정 같군."

"자수정?"

"투명하게 빛나는 돌이지. 이 부분이 자네를 움직이게 하는 것 같은데."

"보고 싶군."

"뒤를 볼 수 없는 게 눈알 달린 짐승들의 슬픈 일이지. 자네에게 모든 감각을 시각화시키지 않고 눈알을 만든 인간을 원망해."

"하지만 고작 그걸로 인간을 원망하기에는 나는 인간처럼 만들어져 얻은 이점이 훨씬 많다. 나에게 두 개의 팔이 있고, 두 손과 열 개의 손가락이 있지."

열 개의 손가락을 본다. 쥐고 펴고, 구부리고 모을 수 있는 손가락을 본다.

"덕분에 머리카락을 묶어주고 손을 잡고 걸을 수 있었다. 그림자놀이를 하고 손톱만 한 돌 다섯 개를 하나씩 던졌다가 줍는 놀이도 했지. 자라지 않는 내 손으로 해마다 얼마큼 키가 자랐는지 잴 수도 있었다. 손가락이 없었다면 할 수 없던 것들이었다."

버진이 내 앞에 선다. 머리에 닿았다 사라진 손가락의 체온이 서서히 사라진다.

"너에게 손이 없었어도 전부 할 수 있던 일이야. 방식이나 모습은 좀 달랐겠지만, 그건 손이 있어서 누릴 수 있던 특권이 아니라 손이 만든 또 다른 제약인 셈이지. 눈이 있어 뒤를 볼 수 없는 것처럼."

버진은 말을 마치며 껄껄, 웃었다가 걸걸한 기침을 한차례 토해냈다. 그러는 사이 나는 천을 도로 둘렀다.

"무슨 말인지 모르겠다."

"크흠, 흠……. 감사함을 여기는 것과 그것만이 할 수 있다고 믿는 오만은 다르지."

"아니, 나는…… 머리를 묶어줄 수 있어 감사했다."

"그럼 다행이고."

"하지만 당신의 말은 여전히 이해가 어렵군. 나에게는 이미 손이 있는데 왜 손이 없다는 상황을 생각해야만 하지? 존재하는 걸 존재하지 않는다고 가정하는 게 어렵게 느껴진다. 인간은 왜 현상을 부정하고 오지 않은 상황을 가정하는지 모르겠군."

랑도 그랬다. 랑은 하루에도 수십 번씩 내 전원이 완전히 꺼지거나, 모래 폭풍이 불어 우리가 서로를 잃어버리거나, 다음 날 조가 죽어버리는 상상을 했다. 그러다 어느 날은 울었고, 어느 날은 잃어버린 서로를 찾는 연습을 했으며 어느 날은 이별을 담담히 받아들일 준비가 되었다고 말했다. 랑은 그 행위를 납득하지 못하는 나를 구태여 설득하진 않았다. 그렇지만 랑은 나를 설득했어야 했다. 자꾸 생각하면 강해진다던 그 말이 무슨 뜻인지 정확하게 설명하고 이해시키고 그 방법을 알려줬어야 했다. 그렇게 랑은, 자신이 죽은 후에 내가 무얼 해야 하는지 알려줬어야 했다.

"자네가 왜 그렇게 이해할 수 없는 게 많은 줄 아나?"

"우주에는 기본적인 법칙이 존재하는데 생명이 많은 변수를 만들어 가능성을 증폭시키기 때문이지."

"인간도 아는 게 없어서야."

버진이 웃으며 단호하게 말한다.

버진이 균열이 심한 나무틀을 분해하기 시작한다. 분해라기보다 파괴에 가깝다. 다시 쓰지 않겠다는 듯 부수고 뜯는다. 뙤약볕이 내리쬔다. 그늘 없는 곳에서 쉬지 않고 작업하는 건 위험하다. 버진은 아까부터 계속 굵은 땀방울을 쉼 없이 흘리고 있으나 충분한 수분을 섭취하지 못하고 있다. 그리고 그보다 열사병이 더 위급하다. 랑은 열사병을 쉬면 낫는 병이라 간단히 여겼지만 그건 랑이 죽지 않았으니 할 수 있는 소리다. 열사병은 온도 조절 중추가 완전히 기능을 잃고 이는 장기에 영향을 주어 심각한 질환을 일으키거나 사망에 이르게 할 수 있다. 확률적으로 사망에 이르는 경우는 극히 적지만 이곳은 사막이다. 열사병을 없애려면 몸의 체온을 낮춰야 하는데 온도를 낮출 냉각기가 존재하지 않는다. 그래서 랑은 젖은 수건을 몸에 둘러 체온을 낮춰야 했고, 그 대가로 물이 부족해 일주일간 씻지 못했다. 사막은 원하는 것 모두를 주지는 않는다. 하나를 얻기 위해선 다른 하나는 포기해야만 한다.

버진에게 쉬기를, 잠시라도 햇빛이 닿지 않는 곳에 있기를 권한다. 직사각형 모양의 완전한 나무판자 두 개를 잘 맞대면 버진의 몸을 품을 정도의 그늘이 만들어질 것이다. 버진이 내 말을 들은 체도 하지 않는다. 나는 다시 버진의 이름을 부른다. 버진이 내게 했던 것처럼 단호하게.

"버진."

"알아, 알아. 그렇게 화난 척 굴지 않아도 안다고."

말은 그렇게 하지만 버진은 마치 자신이 어떤 위험에 처해 있는지 모르는 사람처럼 여유롭다. 조금도 서두르지 않는다. 애가 탄다.

"로봇이 하는 인간 목숨 걱정, 처음 듣는데 썩 괜찮군."

"그늘로 가야 한다."

"인간은 스스로가 다정한 존재이길 바라면서도 끝내 그 몫을 다른 존재에게 떠넘기고 마는 것 같다는 생각을 하네. 애초에 그런 마음은 우리들의 것이 아니었다는 듯이, 우리를 대신한 존재가 수행해줄 거라 기대하면서. 이봐, 자네는 그래서 만들어진 거야. 인간의 면죄부가 되어준 거라고."

버진이 기침 같은 웃음을 토해내며 웃는다.

"나는 내가 왜 만들어졌는지 모른다."

지카는 내가 전쟁에 쓰이기 위해 만들어졌을 거라고 말했지만 부정하고 싶다. 나는 나의 탄생이

지구의 생태를 전부 무너트린 전쟁에 쓰이기 위해서라고 믿고 싶지 않다.

허리를 수그리고 작업 중이던 버진이 눈을 치켜뜨며 나를 올려다본다. 구겨진 미간 사이로 굵은 땀이 쉼 없이 흐르는 게 보인다. 버진이 그늘로 갔으면 좋겠다는 내 판단은 아직도 유효하다. 질병이나 죽음을 유발할 거라는 걸 알면서도 고집스럽게 행위를 지속하는 인간을 이해할 수 없다.

조도 그랬다. 자야 할 때, 쉬어야 할 때, 먹어야 할 때를 언제나 지키지 않았다. 그 세 가지만 잘 지켜도 자잘한 감기와 질병은 피해 갈 수 있었음에도 어쩌다 우연히 아프지 않은 순간만을 기억해 이 정도는 괜찮다고 말했다. 그런 조에게 랑은 잔소리를 멈추지 않았지만 내가 보기에 랑도 조와 다르지 않았다. 육체의 순환을 거부하고 비틀어 생을 단축하면서까지 변화를 주려는 인간의 모습은 완벽한 세상으로 가기 위해 죽어야만 한다는 그들의 종교 같다.

"왜 만들어졌는지 알고 싶어 하는 것처럼 들리는데?"

알고 싶어 한다는 것과 설명하고 싶다는 것은 같은 의미일까. 그렇다면 나는 알고 싶은 게 맞다. 나는 지카에게, 그리고 랑에게 내가 언제, 어떻게, 어떤 이유로 만들어졌고 왜 나 홀로 파괴되지 않고 땅에 묻혀 있었는지를 말해주고 싶다.

"안다는 게 대체 뭔지, 알고 싶다는 말만 들어도 지긋지긋해. 자네도 알아야만 하는 저주에 걸린 거야. 인간을 본떴으니까."

고개를 절레절레 흔들던 버진이 잠시 이마를 짚으며 숨을 느리게 내뱉는다. 어지럽거나 속이 메스꺼운 것이다. 열사병의 흔한 증상이다.

"들어가서 쉬어야 한다."

"계속 쉬라고 하니까 어째 더 고집부리고 싶은 걸."

"죽을 수도 있다는 걸 모르지 않을 텐데."

나는 일부러 극단적인 상황을 예측해 말한다. 고집 부리는 인간의 마음을 바꾸는 방법은 두 가지다. 꺾을 수 있을 만큼 날카롭고 단단한 말을 꺼내거나 완전히 녹아내리도록 여리고 따뜻한 말을 꺼내거나. 여러모로 내게는 전자가 쉽다.

"바라는 일이야."

하지만 버진은 내가 이길 수 없는 절대적인 말을 꺼냄으로써 마지막 호소도 무력화시킨다. 그러길 바라고 하는 행위를, 나는 바꿀 수 없다.

"죽음을 바라는군……."

침대에 누워 있던 랑의 모습이 재생된다. 그 이름을 부르기 전부터 느꼈지. 랑에게서 이전 같은 온도가 느껴지지 않았으니까. 그런데도 나는 랑의 이름을 불렀다.

'랑, 일어나. 아침이다.'

랑은 이따금 고집을 부렸고, 내 말과 반대로 행동하며 나를 골탕 먹이려 하긴 했어도 단 한 번도 내 부름에 답하지 않은 적 없었다. 내가 부르면 언제나 기다렸다는 듯이 입을 열었다. 하지만 그날 랑은 처음으로 내 물음에 답하지 않았다.

버진이 바닥에 앉아 휴식을 취한다. 천으로 땀을 닦지만 쉴 새 없이 흐르는 땀은 결코 완전하게 닦이지 않는다.

"한때 사람들은 나에게 세상의 모든 진리를 아는 사람이라 칭했지."

미약한 바람이 불어온다. 모래 폭풍일까. 주위를 살핀다. 다행히 폭풍의 징조는 보이지 않는다.

"나는 태어날 때부터 신성한 존재였고, 영문도 모른 채 사람들의 등에 몸에 깃든 불씨를 제거하는 그림을 그리며 자랐어. 뭣도 모르는 어린애 한마디로 다음 목적지를 정했고, 내가 죽은 이들의 영혼을 사후세계에 안전히 안내할 거라고 믿었지. 희망을 얻기 위해서. 나는 그 역할만 하면 됐어. 그래서 아무 말이나 자신 있게 던졌지. 힘이 된다면, 그래서 살아갈 수 있다면 진실 따위 다 무슨 소용이겠어? 배도 부르지 않고 목도 축일 수 없는 그까짓 거. 여러 의미로 대단하지 않나? 인간이 망친 세상에서 살면서 인간을 믿는다는 게."

버진의 시선이 지평선 어딘가에 닿는다. 얼굴에 주름이 깊어졌고 입술을 달싹거린다. 나는 그래서 말을 하려다 입을 다문다. 버진은 내가 보지 못하는 자신의 삶 한편을 들추고 있다. 마모되지 않은 기억의 모서리를 천천히 쓰다듬고 있다. 내가 할 수 있는 건 그 날카로움에 손끝이 베이지 않길 기도하는 것뿐이다.

인간의 시체를 들것에 실어 이동하던 일곱 명의 인간도 죽은 인간을 신으로 만들었다. 랑은 그들에게 그늘을 제공했다. 그들은 땀을 식히며 짧은 낮잠을 청했고, 그러면서도 한 명씩 돌아가며 시체를 확인하고 얼굴을 정돈해주었다. 랑은 원한다면 시체 처리를 도와주겠다고 제안했지만 그들은 거절했다. 그들은 죽은 인간이 자신들을 수호한다고 믿었다. 목적지에 도착할 때까지 함께 가야 한다며 다시 길을 떠나는 인간들의 뒷모습을 보며 랑은 단조롭게 말했다.

'목적지에 도착하고 나면 저 일곱 명 중 또 한 명을 죽이겠지. 다음 목적지를 위해서. 그렇게 한 명의 피와 살을 다 먹을 때쯤 다음 목적지에 도착하겠지. 처음에는 몇 명이었을까? 꽤 오랫동안 사막을 떠돌았다고 말했는데.'

'끔찍하군.'

'……그럴까. 저 사람들 서로 굉장히 친해 보였잖아. 어디에서 왔는지, 갈 곳은 있는지, 도착한 곳에 낙원은 있을지 알 수 없지만 슬프고 행복해 보여. 함께한다는 것에. 그래도 혼자가 아니라는

것에.'

'힘을 합쳐 다른 인간을 죽이는 게 아니라 서로가 서로를 위해 순차적인 희생을 한다고 생각하면 썩 나쁘지 않군. 죽은 인간이 자신들을 수호한다고 생각하는 것도 인간이 가지고 있는 인간에 대한 신뢰와 믿음 때문인가.'

랑은 한참 뒤에 대답했다. 조금 전 자신의 말을 책망하듯이.

'근데 그건 그냥 죄책감 때문 아닐까? 미안하니까 그렇게 믿고 싶은 거지…….'

"자네, 어디로 가나?"

버진이 묻는다. 갑작스러운 질문에 나는 재생되고 있던 랑의 영상을 급하게 끈다.

"과거로 가는 땅으로 가고 있다."

버진의 눈이 커진다. 놀란 표정이었다가 곧 장난기를 가득 담은 듯한 흥미로운 표정으로 바뀐다.

"과거로 가는 땅이 정말 있다고 믿나?"

"있다고 들었다. 친구로부터."

"그걸 믿는 겐가?"

덜컥 말문이 막힌다. 나는 '안다'와 '모른다'만 선택할 수 있다. 믿음은 두 가지를 동시에 품고 있기에 믿는다는 단어는 내게 맞지 않다. 그렇지만 인간에게 믿음은 알고 있음의 방증이다.

"있다는 걸, 보지 않아도 알 수 있는 게 인간이 가진 원초적 능력일 텐데."

내 말에 버진이 기가 찬다는 듯 웃는다.

"자네, 지금까지 나와의 대화를 허투루 넘긴 건가? 나는 인간이야. 남의 행복을 빌기는커녕 내 행복도 챙기지 못하는 얼간이라고. 하지만 인간들은 나를 신으로 여겼어. 이걸 보고도 모르겠나? 인간에게 믿음이란 게 무언지? 하지만 오해 말게."

"나는 오해하지 않는다."

"그거 다행이야. 그곳으로 가겠다는 자네를 조롱하거나 말리려는 게 아니니까. 기왕이면 직접 보는 게 좋지. 정말로 그런 땅이 존재하는 걸 확인하면 내게 그 소식을 전해달라 하고 싶지만 자네가 그곳으로 간다는 건 가고 싶은 과거가 있어서겠지?"

나는 고개를 끄덕인다.

"그렇다면 나는 영원히 알 수 없겠어. 즐거웠네, 자네. 덕분에 입에 붙은 거미줄이 사라졌어."

버진이 악수를 청한다. 나는 버진의 손을 세게, 그렇지만 아프지 않을 정도로 움켜쥔다.

"버진, 당신은 어디로 가지?"

"나는."

버진이 사막을 둘러본다.

"어디든 가지만 어디로 가고 있지는 않네."

그것은 모호하지만 분명한 말이었다.

나도 버진에게 인사를 건넨다. 랑이나 지카에게처럼 많은 말을 해주기엔 나는 버진에 대해 아는 것이 별로 없고, 우리는 그럴 만큼 시간을 함께 보내지도 않았으므로 조심히 가라는 인사 정도가 적당하지만 나는 한 마디 더 얹는다. 랑은 이런 걸 오지랖이라 했던가.

"나는."

"……."

"당신이 살았으면 좋겠다."

"진심이 느껴지는군. 고맙네."

"잘 가, 버진."

"잘 가게나."

　방향이 기억나지 않는다. 나는 같은 자리에서
몇 번이나 몸을 틀며 방향을 찾으려 노력한다. 다
행인 건 드카르가 언덕이 아직도 저곳에 있다는
점이다. 적어도 방향을 잃어서 왔던 길을 되돌아
갈 일은 일어나지 않을 거였다. 나는 이 길이 내가
걸어왔던 길의 연장선인지 아니면 다른 길을 만든
것인지 알 수 없지만, 따지자면 어느 쪽도 길은 아
니었기에 우선 걷는다. 모래 폭풍이 또 오기 전에
그곳에 닿길 바라면서.

　랑도 모래 폭풍이 불 때 조가 돌아오지 않으면
누군가에게 기도를 올렸다. 침대에 앉아 두 다리
를 교차시켜 끌어안은 뒤 고개를 숙여 깍지 낀 손
에 이마를 맞대고, 마치 그 자세로 굳어버린 것처
럼 움직이지 않고 빌었다. 그러다 고개를 살짝 들
고 눈으로 나를 매섭게 노려보며, 너는 거기 멀뚱
히 서서 뭐 하냐는 말을 했을 때와 똑같은 표정을
지었다. 내가 엉거주춤하며 빗자루를 잡자 랑의
표정은 좀 더 매서워졌다. 그렇게 나는 수건과 설

거짓거리와 랑이 화가 나면 실행하는 '눈앞에서 사라지기'를 위해 문손잡이를 잡은 뒤에야 랑이 원했던 것이 자신의 옆에서 함께 기도하는 것임을 알았다. 스스로 깨달은 것은 아니었다. 랑이 정신 사납게 굴지 말고 빨리 옆에 앉아 너도 기도하라고 소리를 쳐서 알게 된 것이다. 나는 랑을 따라 침대에 앉았다. 오래된 매트리스가 요란한 소리를 내며 푹 가라앉았다. 랑을 흉내 내며 두 다리까지 침대로 올리자 매트리스는 더 가라앉았고 랑의 몸도 기울어 내 어깨와 랑의 어깨가 맞닿았다.

'두 손을 이렇게 모으는 이유는, 음, 간절해 보여서야. 이렇게 그냥 양쪽에 주먹을 쥐면 협박하는 것 같고 손바닥을 펴면 뭘 달라는 것 같잖아.'

랑이 자신의 손을 쥐었다 펴며 나를 이해시키려 했지만 정작 내가 알고 싶었던 건 랑이 기도를 올리는 대상이었다. 랑의 요구를 들어줄 대상이기도 한. 인간은 초월적인 힘을 원한다. 세상 대부분을 물질의 법칙으로 설명할 수 있는데도 초자연적인 현상은 다른 범주의 일이라 믿는다. 세상의 단순한 규칙을 두고 어렵고 복잡하며 이해할 수 없는 희생적 규율을 만든다. 비슷하지만 다른 형태로 지역과 시대를 망라하며 무수히 많은 종교가 생겼다 사라졌다. 내가 아는 것은 이것뿐이다. 인간의 종교를 존중할 줄 알아야 하는 의무, 다양한 형태의 믿음을 전부 납득할 수 있어야 하는 자세 따위가 내게 필요한 정도였으므로 종교를 이해하고 믿음을 갖는 것은 허락되지 않았다.

그러니 나는 랑의 요구를 들어줄 수 없다. 나는 종교를 따른다는 것이 무엇인지, 전지전능한 자가 내 손을 들어줄 수 있도록 무엇을 더 해야 하는지 모르기 때문이다. 나는 그저 랑을 따라 맞댄 두 손에 이마를 붙였다. 어떤 식으로 기도를 올려야 하는지 알려주면 좋겠건만, 랑은 발설이 금기라도 되는 것처럼 입을 꾹 다물었다. 그래서 나는 아무 생각도 없이 가만히 있다가, 랑이 팔꿈치로 툭툭 치며 눈치를 줄 때에서야 조가 무사히 돌아왔으면 좋겠다고 대충 생각했다. 그러자 그때, 현관을 쾅, 차는 소리가 들렸다. 이따금 모래 폭풍에 의해 현관이 흔들릴 때가 있었으므로 랑과 나는 긴가민가한 상태로 지켜봤다. 그리고 곧장 한 번 더 쾅, 하는 소리가 들렸을 때, 바람이 치고 간 것이 아니라 무언가가 주먹으로 필사적으로 내리친 소리임을 확신했을 때, 둘 다 스프링처럼 튀어 올라 현관으로 향했다. 폭풍이 거세게 불고 있었으므로 문을 열 때 마음의 준비를 단단히 해야 했다. 여닫이 현관문을 조가 통과할 수 있을 정도의 틈만큼만 열어야 했고 조가 들어오면 폭풍과의 싸움에서 이겨 문을 닫아야 했다. 실패하면, 랑이 몰래 문고리를 고장 내놓고 말하지 않아 모래 폭풍이 문을 열고 들어오는 바람에 집을 모래에 내줘야 했던 그때처럼 되리라. 다행히 나와 랑은 합이 잘 맞았다. 문이 열린 틈으로 모래가 밀려들어와 집에 뿌연 먼지를 일으키긴 했지만 조가 무사히 들어왔고, 문도 닫았다. 그날 새벽, 폭풍을 뚫고 와 지친 조가 깨지 않도록 랑이 낮은 목소리로 말했다.

'선인장 신이 고고가 마음에 들었나봐. 소원 들어줬잖아.'

'선인장 신?'

'응, 우리가 아까 기도했던 신.'

'……내가 기도했던 대상이 선인장이라니, 몰랐

는걸.'

물론 나무나 짐승, 돌 같은 것들을 신으로 여기기도 한다는 걸 모르는 건 아니었으나 그것들은 대개 자연의 순리를 뛰어넘어 불로장생처럼 살아 있다는 식으로, 제법 그럴듯한 이유를 붙여 적어도 마을 단위의 사람들이 공동체적 의식 속에 제사를 올리고 마을의 어르신처럼 모셨다. 오래 산 것들은 자체적으로 신이 되었거나 신의 보호를 받고 있다는 믿음에서 비롯된 것인데, 그런 점을 생각해보면 선인장은 기도를 올리기에는 보잘것없었다.

이런 생각을 하는 동안 답을 하지 않고 있자, 랑은 내가 선인장 신을 마음에 들어 하지 않았다고 생각했는지(어떤 면에서는 맞는 말일지도 모르겠으나) 다급하게 말을 이었다.

'선인장은 사막에서 살아남았잖아. 그러니까 사막이랑 친한 거지. 선인장이 말하면 사막은 들어줄 수밖에 없어. 사막이 선인장을 아낀다는 거니까.'

'그럼 결국 사막에 기도를 올린 건가?'

'아니. 우린 선인장 신한테 올린 거라니까.'

'소원을 들어준 건 사막이다.'

'아니라니까! 선인장이 부탁하지 않으면 들어
주지 않았겠지. 사막은 선인장의 말만 듣는다. 고
로 선인장이 우리의 소원을 들어준 거지. 사막한
테 조를 집에 보내달라고 한 거야. 사막을 움직일
수 있는 건 선인장뿐이야, 마치 고고랑 나처럼.'

사막이 선인장을 아낄 수 있느냐고, 단지 환경
에 적응해 살아남았다는 이유만으로 사막이 선인
장을 사랑하는 거라면 마찬가지로 억척스럽게 살
아남은 인간도 사랑하는 것 아니냐고 생각했지만
나는 그 생각을 음성으로 옮기진 않았다. 랑의 마
지막 말을 깨고 싶지 않았다.

발에 무언가 걸리며 몸이 앞으로 쏠린다. 다급
하게 손을 뻗어보지만 모래가 내 몸을 지탱하지
못해 몸이 그대로 미끄러진다. 엎어진 몸을 일으
켜 발에 걸린 것을 확인한다. 밑동만 남은 나무의
뿌리거나 구부러진 철근 따위일 거라 추측했지만
예상과 다르게 손이다. 다섯 손가락이 전부 떨어
진 채 굳어버린 인간의 손. 언뜻 보면 나뭇가지와

다르지 않은, 죽은 지 족히 석 달은 넘어 보이는 인간의 손. 객사하여 쓸쓸히 누워 있는 것을 바람이 모래로 묻어준 것인지, 누군가 묻어놓은 걸 바람이 파헤쳐놓은 것인지는 알 수 없지만 여기에 인간의 시체가 있다는 것은 확실하다.

다른 존재가 또 이 손에 걸려 넘어지는 게 염려되기보다 발에 자꾸 치이다 저 손이 부러질 것이 염려되어 나는 손을 접어보려 하지만 기계를 넘어트릴 정도로 딱딱하게 굳은 손을 움직이기란 쉽지 않다. 손을 모래 밑에 완전히 묻을 수 있는 방법은 시체의 방향을 돌리거나 굴을 더 깊게 파는 수밖에 없는 듯하다. 다리를 구부려 앉아 모래를 판다. 랑을 묻었을 때가 재생된다. 기억하고 싶지 않아 얼른 영상을 치운다.

아주 늙은 남성이다. 미라처럼 말라비틀어진 얼굴에서도 세월이 읽힌다. 초록색 스카프와 크림색 상의, 남색 하의가 해졌지만 비교적 멀쩡하게 형태를 유지하고 있다. 시체를 완벽히 꺼내기 위해 모래를 조금 더 파헤치자 검은색 끈이 잡힌다. 그것을 잡아당기자 이 인간의 것으로 추정되는 가방

이 나온다. 달그락, 달그락. 가방은 묵직했고 안에
서는 쉴 새 없이 쇠붙이가 맞부딪치는 소리가 들
린다. 잡다한 공구가 들어 있는 모양이다. 열어보
지는 않았다. 가방에 내가 필요로 하는 게 있을 리
없으므로.

　나는 굴을 더 깊게 판 뒤 인간의 시체를 엎어놓
는다. 모래를 도로 덮는다. 랑을 묻었던 자리처럼
아주 깊지는 않으니 거센 모래 폭풍이 두세 차례
지나가면 결국 모래 위로 시체가 드러날 테지만
이 정도가 이름도 모르는 인간에게 해줄 수 있는
최선이다. 내가 이렇게 판단한 걸 랑이 알았다면
화를 냈겠지. 그래, 랑이라면 화를 냈을 거다. 어
쩌면 랑은 이름도 모르는 인간의 시체를 끌고 집
까지 데려왔을지도 모른다. 이름도 모르는 인간을
위해 선인장 신에게 기도를 올리고, 밤새 아주 깊
은 무덤을 파 인간을 묻어주었을지도. 랑은 내가
만난 인간 중에서 가장 오지랖이 넓은 인간이니
까. 랑은 그래서 나를 지나치지 못했고, 이름도 모
르는 나를 깨우지 않았던가.

　나는 커다란 바위 밑에 있었다. 얼굴의 4분의 1인

왼쪽 이마와 눈만 내놓은 채로. 언뜻 보면 바위의 일부분 같아서 멀리서 보면 알아볼 수 없고, 가까이 와도 큰 바위 주변에 작은 바위들이 달라붙은 형태여서 주의 깊게 살펴보지 않으면 로봇 얼굴이 반쯤 나와 있다는 사실도 몰랐을 것이다. 그런데 랑이 발견했다. 얼마나 묻혀 있었는지, 어떤 용도로 사용된 로봇인지도 모르는 나를 모래 속에서 꺼내 관절에 낀 모래를 전부 털고, 기름칠을 하고, 엔진을 고치기 위해 사막 곳곳을 수소문해(이 과정은 조가 했다) 나를 켰다. 혹시 모른다. 랑이 나를 발견하기 전에 다른 인간이 나를 발견했을 수도 있다. 그렇지만 그 인간들은 전부 로봇이 묻힌 것을 대수롭지 않게 지나쳤고(노력하다 포기한 인간도 있었겠지만) 랑은 나를 지나치지 못했다. 랑의 그 어떤 오지랖. 내 앞에 멈추거나 지나치는 그 한 걸음의 차이로 나는 다시 켜졌다.

손으로 모래를 두드려 견고하게 만든다. 물이 없어 그렇게 단단하지는 못할 테지만. 인간의 이름을 알았다면 지워지더라도 적어두었을 텐데. 아쉽다. 두 손을 맞잡고 선인장 신에게 기도를 올린다. 무엇을 빌어야 할지 몰라서, 이곳에 묻힌 인간이 열 달은 이 상태로 묻혀 있길 바란다고 빈다. 선인장 신이 내 기도를 들어줄지는 모르지만.

얼마 걷지 않았는데 하늘이 어두워진다. 잠을 잘 필요도, 짐승이나 벌레로부터 나를 보호할 필요도 없지만 나는 멈춘 자리에 앉아 두 다리를 팔로 끌어안고 하늘을 본다. 해가 진 어스레한 하늘은 랑이 가장 좋아하는 순간이었다. 완전히 어두워지지 않았으나 태양의 옷깃마저 놓쳐 파랗던 오후의 잔재만 간직하고 있는 하늘을 계속 응시하고 있다 보면 차츰 어둠의 단계가 짙어지고 어느 순간 숨어 있던 별이 뾱, 하고 튀어 오르듯 혹은 종이를 뚫고 팅겨 나오듯 나타나는데 랑은 그 순간을 목격하는 걸 즐겼다.

하늘에 반짝이고 있는 저것이 단지 우주에 있는 다른 행성일 뿐이라는 걸 몰랐을 아주 오래전 사람들은 별을 무척 사랑했을 거라고, 해가 뜨면 별이 사라졌으니 그래서 해를 미워했을지도 모르겠다고, 우주에 나갈 수 있었던 시대의 사람들은 저토록 아름다운 별의 얼굴을 볼 수 있다는 사실을 감사하게 여겼을 거라고 말했다. 랑이 말하던 아주 오래전 사람들이 정말로 별을 사랑했는지 나는 알지 못한다. 하지만 우주에 갈 수 있던 시대의 사람들이 별을 알 수 있었음에 감사하지 않았다는 건 안다. 도시의 불빛은 낮의 태양처럼 밝아 밤에도 별이 보이지 않고, 그렇게 사라진 별을 아무도 찾지 않고, 세상의 범위가 우주로 확장되며 지구를 마치 하나의 마을처럼 취급하지 않았던가. 이 마을 하나쯤은 사라져도 다른 곳으로 가면 그만이라고 착각하며.

어둠을 덧씌우며 하늘이 점차 어두워지고 붓에 묻은 흰 물감을 툭툭 털어놓은 듯한 별들이 떠오른다(이런 표현을 쓴 건 열여섯 살의 랑으로, 랑은 이 말을 무심하게 내뱉은 후 스스로를 무척 마음에 들어 했다). 열한 달쯤부터 여섯 개의 별로 이루어진 '마차부자리'가 뜬다. 여섯 개의 별로 이루어진 별자리인데 그중 가장 밝게 빛나는 알파별의 이름은 카펠라로 네 개의 별이 서로 뭉쳐져 돌고 있다. 어떤 이유로 내게 그런 정보가 파편적으로 남아 있는지 모른다. 그저 랑과 함께 유달리 밝은 여섯 개의 별을 바라보다 그 정보가 불현듯 떠올랐을 뿐이다. 나는 정보를 랑에게 알려주었지만 랑의 반응은 시답잖았다. 도리어 나에게 저 별이 태양과 같다는 증거를 가져오라고 따졌는데 문자 정보 외에 가지고 있는 것이 없어 나는 내가 아는 것을 랑에게 더 말해주지 못했다. 그러니까 이 행성은 태양이라는 빛나는 항성 주위를 돌고 있으며, 항성과 지구는 우주에 수없이 많다는 것을, 과거의 인간은 저 행성 중 우리가 갈 수 있는 행성이 있다고 믿었다는 사실을 말이다.

'고고, 저 별에도 인간이 살지 않을까? 인간이랑 똑같은!'

그런 사실을 말할 수 없었기에 나는 인간의 과학기술이 끝끝내 외계 생명체를 발견하지 못한 채 막을 내렸다는 것도 말할 수 없었고, 그래서 랑의 기대를 반박할 수 없어 고개를 끄덕였다.

'고고, 저기 살고 있는 인간이 우리 집에 찾아오면 잘해주자. 그래야 좋은 기억을 가지고 가잖아. 너는 처음 보면 좀 무서우니까 특히 조심해야 돼. 알겠지?'

은하수가 구의 반지름을 가로지르고 별을 따라 모래까지 반짝거린다. 사막의 밤은 낮보다 너그럽고 아름답다. 랑도 밤을 사랑했었지. 하지만 랑은 밤보다 낮이 더 잘 어울린다. 밤을 담는 것은 랑의 두 눈뿐이지만 낮을 담는 것은 랑의 몸 전체다. 랑은 늘 태양과 싸웠고 동시에 태양을 끌어안았다. 그 아이의 구릿빛 피부가 증거다.

———!!

멀리서 꽤 큰 굉음이 들린다. 쇠붙이와 쇠붙이가 부딪치는 소리와 비슷하다. 다소 인위적인 소리지만 대수롭지 않게 넘긴다.

———!!

하지만 곧이어 조금 전과 똑같은 굉음이 들려왔고, 나는 그제야 주변을 살핀다. 소리의 진동을 더 멀리 전달할 건물 따위의 매질이 사막에는 없었으므로 그 정도 크기로 들렸다는 것은 멀지 않은 곳에 소리의 근원이 있다는 뜻이다.

울퉁불퉁한 언덕들이 겹쳐 있는 풍경 사이로 이곳을 향해 다가오는 검은 형체가 보이기 시작한다. 크기가 꽤 거대하다. 어둠에 뒤범벅되어 저 커다란 형체가 무엇인지 아직 감이 오지 않는다. 하지만 사막에서 저 정도 크기의 물체는 딱 하나뿐이다. 한때 사막에 길을 낼 수 있을 거라 믿었던 인간들이 만든 집채만 한 트랙터.

트랙터는 내 전원이 꺼진 후 1천 년 후쯤 나온 것으로 추측된다. 그전까지는 저런 물체를 본 적이 없다. 물론 내가 묻혀 있던 지역이 동아시아 부근으로, 그때까지 동아시아는 격변하는 기후 위기를 맞고 있긴 했어도 상록수가 자라고 강이 흐르던 곳이었기에 사막에 길을 내는 트랙터가 있을 필요가 없었다는 걸 고려하면 동시대 사막 지역에서 이미 사용되었을지 모른다는 가능성도 완전히 배제할 수는 없다. 하지만 아무리 트랙터가 태양에너지로 돌아간다 해도 20세기 동안 쉬지 않고 움직였다는 건 불가능에 가까워 보인다. 트랙터가 사막의 폭풍을 견딜 수 있도록 만들어졌다고 해도.

트랙터는 폭풍을 버틸 수 있도록 외피나 판막으로 둘러싸여 있지 않아 골조가 여실히 드러난 형태로, 움직일 때마다 서로 우아하게(이 표현 역시 랑이 썼다. 랑은 필요에 의해 복잡하게 움직이는 기계를 종종 우아하다고 말했다) 엇갈리는 100여 개의 철근을 볼 수 있다. 전체적인 외형은 전갈과 유사하다. 집게발로 불리는 앞발은 가장 많은 양의 모래를 쓸어내도록 만들어졌으며 몸통에 붙은 여덟 개의 다리는 남은 모래를 쓸어내고 마지막 꼬리는 길을 평평하게 만든다. 이따금 꼬리 끝이 전갈처럼 구부러져 하늘로 향할 때가 있는데 항간에 따르자면 그 꼬리가 폭풍을 감지한다는 말도 있다. 하지만 이건 어디까지나 추측일 뿐이다. 트랙터 꼬리의 정확한 기능을 아는 인간은 남아 있지 않다. 트랙터를 멈추는 방법을 아는 인간도 없다. 어쩌면 멈춰야 하는 이유를 모르기에 내버려 둔다는 것에 가까울지도 모르지만 여타의 이유로 더는 쓸모없고, 필요 없는 트랙터 수백 대가 사막을 떠돌고 있다.

소리가 가까워지며 형상도 덩달아 또렷해진다. 또다시 핑음이 들리고, 나는 그 순간 바닥에서 튀어 오른 무언가가 트랙터에 닿았다 떨어지는 것을 목격한다. 그리고 얼마 가지 않아 이번에는 반대편에서 똑같은 짓을 반복한다. 마침내 형태를 구분할 수 있을 만큼 가까워졌을 때, 나는 거대한 기계가 트랙터임을 확신함과 동시에 트랙터에 제 몸을 날리던 것이 나와 비슷하게 생긴 로봇임을 알게 된다. 나처럼 인간의 모습을 본떠 만든 로봇. 이목구비도 볼 수 없는 실루엣뿐이지만, 나는 나와 비슷한 개체가 내는 소리에 몸을 일으킨다. 여태껏 많은 기계를 봐왔지만 나와 비슷한 외형을 가진 로봇은 한 번도 보지 못했다. 어떤 이유에서인지 인간들은 나 이후로 인간의 모습을 딴 로봇을 만들지 않은 듯하다.

'그 로봇'이 나를 발견한다. 로봇의 걸음이 멈춘다. 나를 보며 무의미하게, 마치 습관처럼 눈꺼풀 부위를 위아래로 움직이며 깜빡거리다가 이내 한쪽 눈이 경련이 일어난 것처럼 파르르 떨린다. 멈췄던 로봇이 달린다. 나에게 뛰어오는 것처럼. 하지만 로봇은 트랙터를 조금 앞질러 걸음을 멈추고는, 뒤돌아 다시 달린다. 트랙터를 향해. 굉음의 정체다. 전속력으로 달려가 몸을 내던져 트랙터에 자신의 몸을 부딪치는 로봇의 저 행위가. 쉼 없이 앞으로 전진하던 트랙터가 멈춘다. 로봇은 부서질 것만 같다.

　나에게 걸어오다 오른쪽 골반이 내려앉은 로봇이 걸음을 멈춘다. 로봇이 상체를 좌우로 크게 움직이며 내려앉은 골반을 다시 맞춘다. 로봇은 '고물'에 가깝다. 이음새가 단단하지도, 관절이 정교하지도 않다. 비와 바람에 부식된 외피 위로 이끼가 군데군데 자랐다. 트랙터를 들이받은 머리 부위에는 흠집이 많았고 조금 전 내려앉았던 골반은 여전히 비뚤었다. 그리고 팔이 없다. 양쪽 모두. 처음부터 달지 않았을 가능성도 있겠으나 그렇다기에는 붙어 있던 것이 떨어져 나간 흔적이 너무 선연하다. 이 로봇은 두 팔을 잃은 것이다. 언제, 어떤 이유에서인지는 모르겠지만. 마지막으로 만들어진 이후에 덧댄 듯한 흔적도 몇몇 보인다. 하관을 전부 감싼 판이 가장 최근에 덧댄 것처럼 개중 상태가 양호하다.

　로봇이 내 앞에서 걸음을 멈춘다. 파르르 떨리던 눈꺼풀이 제자리를 찾고, 렌즈 조리개가 선명히 보이는 눈으로 나를 응시한다. 그것이 부담스

럽게 느껴질 때쯤 목에서 푸른 불빛을 반짝이며
로봇이 내게 안녕하세요? 하고 말을 건다. 어쩐지
앳된 목소리다.

"이 길을 지나가야 하는데 잠시 비켜주실 수 있
으신가요?"

순순히 길을 비킨다. 커다란 트랙터가 지나갈
만한 길을 만들려면 몇 발자국으로는 어림도 없
다. 단단하지만 무른 모래를 밟으며, 앞으로 열 발
자국 정도만 더 걸으면 완전히 길을 비킬 수 있을
거라고 계산하고 있을 때 뒤에서 혹시, 하고 말을
튼다. 뒤돌아 같은 자리에 서 있는 로봇을 본다.

"로봇이십니까?"

고개를 끄덕인다.

"실례가 되지 않는다면 당신을 만져봐도 되겠
습니까?"

안 될 건 없지만 나는 그 말이 불가능하다는 걸
알고 있다. 트랙터에 몸을 내던지던 걸로 보아 저
로봇도 그 사실을 모르는 것 같지는 않아 보인다.
혼란스럽다. 하지만 나는 또 고개를 끄덕인다. 방
법을 모르겠다는 것일 뿐, 로봇이 나를 만진다는

것 자체는 거부할 이유가 없다. 로봇이 다가온다. 발가락이 서로 맞닿을 정도로 가까이.

"뺨을 대겠습니다."

제 뺨을 내 뺨에 붙인다. 버진이 했던 말이 떠오른다.

'너에게 손이 없었어도 전부 할 수 있던 일이야. 방식이나 모습은 좀 달랐겠지만.'

이것이 이 로봇이 만지는 법이로구나. 두 팔이 없는 로봇은 이렇게 사물을 만지는구나. 멈추기 위해 몸을 던진 것처럼. 버진에게 당신의 말을 이제 이해했다고 말해주고 싶다.

내 시야에 로봇이 담기지 않아 나는 사막의 지평선만 바라본다. 보이지 않지만 볼에 닿아 있던 로봇의 뺨이 천천히 내려가고 있다는 걸 알 수 있다. 벌어진 천 사이로 로봇의 뺨이 닿는다. 따뜻하다. 착각인가. 어쨌거나 알루미늄과 알루미늄이 맞닿아 스치는 소리와 진동이 생생하게 전해진다.

가슴에 닿았던 뺨이 떨어진다. 두 번째다. 가슴에 얼굴을 댄 존재는.

"감사합니다."

로봇은 자신의 행동에 아무런 사족도 붙이지 않고 고개를 살짝 숙이며 말한다. 그러곤 로봇은 뒤돌아 트랙터로 향한다. 트랙터와 함께 길을 떠난다.

내가 그 로봇을 다시 만난 건 몇 시간 뒤 깊어진 새벽과 함께 난데없는 모래 폭풍이 불어온 즈음이다. 다행히 3단계 모래 폭풍으로 바람의 저항만 견뎌낸다면 길을 나아가는 것에는 어려움이 없었으나 문제는 시야다. 새벽이라 앞이 보이지 않는다. 달을 길잡이 삼아 걷지만 그 빛도 필라멘트가 나가기 직전의 전구처럼 깜빡거린다. 걸음을 멈춰야 할까. 무리되지 않는다면 계속 걸어가는 게 나을까. 검게 내려앉은 어둠에 폭풍까지 더해져 드카르가 언덕은 길게 누운 커다란 뱀의 몸짓 같다. 건조한 모래가 맞닿으며 일으키는 정전기가 뱀의 비늘처럼 곳곳에서 빛난다. 사막을 관리하는 신의 형상은 어쩌면 뱀일지도 모른다. 선인장의 말을 들어주고, 폭풍으로써 인간에게 벌을 내린 신은. 언제나 늘 폭풍 속에 숨어 사는 존재.

더딘 걸음을 떼고 있던 찰나, 익숙한 소리가 들

려왔다. 달보다 밝고 선명한 두 쌍의 라이트 빛이 내게 닿았고 머지않아 굉음이 들리며 다가오던 불빛이 멈춰 선다. 나를 비추는 두 쌍의 빛 사이로 푸른 불빛이 반짝인다.

"이리로 오십시오."

앳된 목소리.

"어서 오십시오. 이리 와서 피하십시오!"

나는 푸른 불빛을 향해 걷는다. 폭풍을 피할 이유가 없다고 생각하면서도.

트랙터 하부에 낮은 계단이 나 있다. 로봇은 계단에 다리를 걸친 채 나를 기다린다. 공간이라고는 전혀 없을 것 같은 그곳에 성인 네 명이 들어갈 수 있을 정도의 벙커가 있다. 나는 벙커 안에 자리를 잡고 앉는다. 로봇이 다리로 벙커 문을 찬다. 문이 닫힌다. 거센 바람 소리와 외벽을 내리치는 모래 소리가 들리지만 소음 정도가 심하진 않다. 인간이라면 잠을 자거나 대화를 나눌 수 있을 정도의 소음이다. 사물 분간이 어려울 만큼 어두워 지속적인 생활은 힘들겠지만 이렇게 모래 폭풍을 피하기 위한 공간으로는 훌륭하다. 모든 트랙터에 이런 벙커가 장착되어 있는 걸까.

"폭풍은 길어도 15분을 넘기진 않을 것입니다. 이곳에 있다가 폭풍이 멈추면 가십시오."

말을 할 때마다 푸른빛을 내뿜는 덕분에 로봇의 위치는 금방 알 수 있었다. 분명 가는 길이 나와 달랐는데 로봇은 어떻게 나를 발견한 것일까.

"나를 뒤쫓아 온 건가?"

"예."

푸른 불빛이 짧게 빛났다 사라진다.

"이유는?"

"없습니다. 이유를 만들기도 전에 당신이 향한 곳으로 방향을 바꿨습니다. 불쾌하십니까?"

나는 서둘러 고개를 젓다 보이지 않는다는 걸 깨닫는다.

"아니다."

"알아이아이입니다. 아이라고 부르셔도 되고, 알아이라고 부르셔도 됩니다. 그리고 부르지 않으셔도 됩니다."

"고고라고 한다."

"멋진 이름입니다. 당신을 만든 인간이 지어준

이름입니까?"

"아니. 그건 아니지만 그만큼 의미 있는 인간이
만들어준 이름이지."

알아이아이가 잠시 침묵한다.

"만들어준 인간만큼 의미 있는 인간이 어떤 것
인지 생각해봤습니다. 하지만 잘 모르겠습니다.
많은 인간을 만났지만 저를 만든 '카일'보다 의미
가 크고 소중한 인간은 없었습니다."

자신을 만든 인간을 알고 있다. 자신을 만든 인
간을 안다는 건 어떤 의미일까. 자신이 만들어진
이유를 안다는 것과 같은 말일까.

"당신을 만든 인간이 누구인지 알고 있나?"

"예. 카일은 1666일 동안 저를 만들었습니다. 시
간으로 환산하면 39984시간인데, 그건 인간에게
아주 긴 시간입니다."

"카일이 당신을 만든 이유를 알고 있나?"

"길을 만들기 위해서입니다. 카일은 트랙터를
잘 이용하면 마을과 마을을 이어주는 사라지지 않
는 길을 만들 수 있을 거라고 계산했습니다. 현재
사막을 떠돌아다니는 트랙터는 GPS가 작동하지

않아 길을 제대로 찾지 못합니다. 카일은 양을 이끄는 양치기처럼 트랙터가 길을 잃지 않도록 이끄는 존재가 있으면 좋겠다고 판단한 것이죠. 저는 그렇게 만들어졌습니다. 트랙터를 인도하기 위해서 말입니다."

"트랙터에 몸을 부딪쳤던 게 방향을 잡기 위해서인가?"

"예."

알아이아이가 곧바로 말을 잇는다.

"사고로 두 팔을 잃었습니다. 8단계 폭풍에 휩쓸려 날아가다 바위에 부딪치며 왼팔을 잃었고, 트랙터의 다리 사이에 팔이 걸리며 오른팔이 절단되었습니다. 첫 번째 사고에서 왼팔만 잃은 것을 다행으로 여깁니다. 그리고 두 번째 사고는 오롯이 저의 불찰입니다. 카일이 매달아준 끈을 잡아당겨야 하는데 저는 그게 효율성이 낮다고 판단했습니다. 끈을 이용해 방향을 알려주는 건 직관성이 떨어지고 힘이 더 들기 때문입니다. 그래서 차라리 트랙터에 직접적인 힘을 가해 방향을 알려주는 게 효율적이라고 판단한 것입니다. 위험성은 생각하지 못했습니다. 저에게는 효과적으로 일을 처리하는 게 더 중요했습니다."

"팔을 다시 붙이는 건 간단할 텐데."

바람 소리가 약해진다. 한시적인 멎음인지 폭풍이 지나간 것인지는 조금 더 지켜봐야 한다. 알아이아이가 한동안 입을 열지 않는 바람에 벙커에는 완전한 어둠이 내린다. 몸을 움직이지 않고 있음에도 방향을 잃은 듯했고, 알아이아이의 위치가 어디인지 짐작되지 않는다.

쉬이, 쉬.

또 랑의 목소리가 재생된다. 빛 한 점 들어오지 않던 천막 안에서 자신의 위치를 알리기 위해 잇새로 숨을 내뿜던 소리. 사막에서 인간을 위협하는 건 사막뿐이 아니다. 사막 위의 인간 역시 인간을 위협한다. 맞서 싸워야 할 때도 있지만 그들이 필요로 하는 걸 얻고 유유히 사라지기를 기다려야 할 때도 있다고 했다. 약탈자들에게 부모를 잃었던 조가 가진 신념이다. 살아남는 것보다, 살아 있는 것보다, 숨 쉬는 것보다, 내일을 맞이하는 것보다 더 고귀하고 중요한 건 없다. 추악하더라도, 구질구질하더라도, 눈물겨워 화가 나더라도 살아 있으면 그만인 거라고. 조가 했던 이 말을 되새길 때마다 나는 조에게 묻지 못했던 것을 곱씹는다.

집을 침략해 식량을 훔치는 저들의 행동도 살아남기 위한 일이므로 고귀한 것인가. 생존에 모든 추를 놓으면 인간은 존엄성을 잃고 만다. 나는 그때마다 조가 느끼지 않는 두려움을 느꼈다. 이상하리만치 생경하게, 저 인간들을 저렇게 보내면 언젠가 다시 찾아와 조와 랑을 죽일 것만 같은 두려움.

고고, 내가 여기 있어.

그리고 랑은 소리보다 숨이 더 많이 섞인 목소리로, 이 세계에서 나만 들을 수 있을 만큼 작게, 두려움에 떨고 있는 나에게 속삭여주었다.

무서워하지 마.

푸른빛이 들어온다. 귓가에 맴돌던 랑의 목소리가 흩어진다. 알아이아이의 목소리는 그로부터 9초 후에야 들린다.

"카일을 잃어버렸습니다."

"……놓쳤다는 말인가?"

"제가 오른팔을 잃은 다음 날, 카일은 팔을 만들 재료를 구해 오겠다고 이른 아침 집을 나선 이후로 돌아오지 않고 있습니다. 다섯 달 전입니다."

카일이 돌아오지 않는 이유의 가능성들을 만들어본다. 집을 떠났거나 돌아올 수 없는 불가피한 상황, 이 둘로 나뉜다. 집을 떠났다는 건 알아이아이를 버렸다는 말과 같을까. 돌아올 수 없는 불가피한 상황이라는 건 길을 잃었거나 누군가에게 잡혔거나 죽었다는 말을 다 포함한 말일까. 어느 쪽이든 카일이 돌아오지 않는다는 건 좋지 않은 결말에 다다를 확률이 높다는 것이다. 나는 떠올린 가능성을 옆으로 밀어둔다.

"그래서 저는 카일이 돌아오기 전까지 길을 만들어놓을 생각입니다. 손이 없어 방향키를 잡지 못하지만 바꿀 수 없는 것은 아닙니다."

"부딪쳐서."

"예, 부딪쳐서 바꾸면 됩니다."

"당신이 망가지는 방법이군."

"망가지지 않습니다."

"지금은 괜찮더라도 부딪칠 때 느껴진 충격이

몸에 쌓이고 있을 거다. 그러다 어느 한 곳이 무너지면 걷잡을 수 없이 모든 게 망가질 테지."

"괜찮습니다."

알아이아이는 내 말을 부정하지 않는다. 자신의 망가짐 따위는 아무렴 괜찮다는 식의 대답을 듣고 나서야 나는 내가 뱉은 말이 얼마나 말도 안 되는 것인지 깨닫는다. 나는 알아이아이가 두렵길 바란 것이다. 몸의 붕괴를. 말을 무르고 싶다. 알아이아이의 메모리에서 내가 했던 말을 삭제시키고 싶다. 알아이아이가 내 말을 곱씹고, 그러다 비웃고, 그렇게 나를 허술하고 이상한 로봇이라 생각하지 않을 걸 알면서도 그러고 싶다. 그러고자 하는 문장이 이상할 정도로 반복되어 생각의 회로를 방해한다. 랙이 걸릴 것만 같다.

"카일이 돌아올 때까지 길을 만들어놓겠다고 약속했습니다. 약속을 지켜내는 게 우선입니다."

예상대로 알아이아이는 내 말을 개의치 않아 한다. 나도 떠도는 문장을 밀어내기 위해 애쓴다.

"언제 돌아오겠다는 말을 하고 떠났나?"

"하지 않았습니다."

"트랙터로 사막에 길을 내는 건 불가능해 보이는데."

사막은 하루에도 몇 번씩 모래 폭풍이 부는 곳이다. 언제, 어디에서, 어떤 강도로 불어올지 아무도 모른다. 아주 얕은 바람으로 수십 킬로미터를 걸어온 길도 한순간에 없애는 곳이 사막이다. 그러니 사막에 길을 낸다는 건 사막을 정복하겠다는 말과 다르지 않다. 정복은 혼자서 할 수 있는 일이 아니다. 행동이 제한적인 로봇은 더더욱 자연의 변화를 이길 수 없다.

"불가능하다는 것은 알고 있습니다. 카일이 제게 그 일을 맡겼을 때부터 말입니다."

"안 된다는 걸 알면서도 했다는 말이군."

"중요한 건 결과보다 행위입니다."

"언제까지 할 셈이지?"

"카일이 그만하라고 할 때까지."

바람 소리가 완전히 그친 듯하다. 밖이 고요하다. 푸른빛이 사라지고, 벽을 차는 소리가 들리더니 문이 열린다. 동이 트고 있다.

트랙터 밖으로 나온다. 알아이아이에게 묻는다.

"처음 만났을 때, 나를 왜 만진 거지?"

"카일이 만든 로봇일까 싶어서 그랬습니다."

"그걸 만진다고 알 수 있나?"

"카일은 꼭 뺨과 가슴에 발열장치를 넣어둡니다. 제가 생각하기에 사막에서는 발열장치보다 냉각장치를 넣어두는 게 더 좋을 것 같지만, 카일의 판단을 그랬습니다. 사실 카일은 짐작하기 쉬운 인간이 아닙니다. 어렵고 복잡하고 이상합니다. 트랙터를 이끌 로봇을 만들어놓고 늘 저와 함께 트랙터를 몰았습니다. 카일은 노인이라 장시간 태양에 노출되면 최악의 경우 사망에 이를 수도 있습니다. 그런데도 상태가 아주 좋지 않은 날을 제외하고는 저와 함께 사막을 누볐습니다. 어쩌면 카일은 태양을 사랑했던 것일지도 모릅니다. 그러니 제게도 발열장치를 넣어뒀을 거라 생각합니다."

알아이아이의 뺨이 닿았을 때 따뜻했다고 느낀 건 착각이 아니었다. 알아이아이는 랑과 비슷한 온도를 가지고 있다. 알아이아이의 말대로 카일이 태양을 사랑해 알아이아이에게 발열장치를 넣은

거라면, 그 말은 곧 카일이 알아이아이를 사랑한

다는 것과 같을까.

"고고는 어떤 이유로 만들어졌습니까?"

알아이아이가 묻는다. 어쩐지 대답하고 싶지 않

다.

"모른다."

알지 못한다는 것이 무섭다. 내 안에 있는 어떤

버튼, 그러니까 조가 죽은 이후 평온하던 랑을 갑

자기 펑펑 울게 만드는 어떤 버튼들이 내게도 있

을까봐 나는 랑과 함께 있는 동안 내가 무서웠고

두려웠다. 어느 날 정체를 알 수 없는 사이렌 소리

가 들려오는 날이면 나 스스로를 가두려 했고, 여

의치 않을 땐 집으로부터 멀어지려 했으며 인간의

피부와 근육을 찢고 들어가는 무기가 내 몸 어딘

가에 장착되어 있을까봐 가끔은 나를 분해하고 싶

었다. 하지만 그 두려움을 없애기 위해 내가 실제

로 행했던 것은 하나도 없다. 나는 랑이 가지 말라

면 가지 못했고, 랑이 나를 끌어안아버리면 떼어

낼 수 없었다.

"누가 나를 만들었는지, 내가 언제, 어떤 이유로

만들어졌는지 모른다. 나는 나를 깨운 인간이 누구인지만 안다."

"정말 아무것도 모르십니까?"

"단서들은 있지. 전쟁시대에 만들어졌다는 흔적. 그러니 어쩌면 나는 인간을 공격하고 죽이기 위해 탄생했을지도 모른다는 추측. 이 행성을 이렇게 만든 주범이었을지도 모른다."

"인간을 공격한 적 있습니까?"

"손상되지 않은 메모리 중에서는 없다."

"인간을 죽여야겠다는 판단이 든 적은 있습니까?"

"없다."

"그럼 상관없지 않습니까? 설령 고고가 정말 인간을 죽이기 위해 만들어졌다고 해도 죽이지 않았습니다. 죽여야겠다는 판단도 하지 않습니다. 중요한 건 결과보다 행위입니다."

알아이아이의 뒤로 태양이 떠오른다. 지표면이 타오르는 것 같다. 랑은 아침이면 제대로 바라보지도 못하는 태양을 보겠다고 창문을 열었지. 나는 또 어김없이 랑을 떠올리며 알아이아이의 말을 되새긴다. 두려움이 없었어도 내가 랑을 해치지 않았을까. 기저에 깔린 두려움이 내 안의 충동을 조절했던 것은 아닐까. 알고 싶지만 알 수 없다. 그걸 알게 해줄 랑이 내 곁에 없다. 나는 단 한 순간도 랑을 해치고 싶다 생각한 적 없다. 그런 생각이 아주 잠시라도 스쳤다면 나는 나를 파괴할 방법을 찾았을 거고 결국 나는 랑을 해치기 전에 스스로 파괴되었을 것이므로 알아이아이의 말처럼 어떤 과정을 거쳤든 최악의 결말에 도달하지 않는다는 점이 중요하다.

수만 가지 가능성 중 어떤 상황이든 내가 랑을 해치지 않는다는 결말에 도달한다는 걸 전부 확인한다. 이제 더는 내가 랑을 해치는 가정을 세우지 않아도 될 것 같다.

알아이아이가 떠날 채비를 한다. 트랙터의 측면은 알아이아이와의 충돌로 인한 흉터가 가득하고, 그건 알아이아이의 머리도 마찬가지다. 트랙터 중앙에 방향을 조종하는 손잡이가 있다. 나는 알아이아이를 부른다.

"나는 하나면 충분해서 하나를 당신에게 주고

싶은데."

두 팔을 내민다. 알아이아이가 팔을 응시하다가 나와 눈을 맞춘다.

"정말 그래도 되겠습니까?"

"물론."

멈춰 있는 트랙터 밑에서, 물론 트랙터는 골조뿐이어서 완전한 그늘은 만들어주지 못하지만, 그래도 알아이아이와 나는 과부화가 걸리지 않을 정도로 직사광선만 피하면 됐기에 트랙터 밑에서 오래도록 팔을 옮겨 붙였다.

알아이아이의 팔과 내 팔의 구조는 크게 다르지 않았고 몇 번의 시도 끝에 알아이아이는 새로 생긴 오른팔의 손가락까지 움직일 수 있게 되었다. 연식은 내가 더 오래됐을 테지만 고물을 주워 만든 알아이아이의 몸에 붙자 팔이 새것처럼 반들거린다. 제 몸에 붙은 오른팔을 이리저리 둘러본다.

"안쪽 재질이 바깥쪽과 다른 것 같습니다."

그런가. 미처 알지 못한 사실이다. 알아이아이를 따라 내 팔을 유심히 살핀다. 광택이 바깥쪽에 비해 안쪽이 덜하다. 고작 그 정도의 차이만 보인다.

알아이아이와 나는 마주 보고 서서 어설픈 작별 인사를 한다.

"어디로 가십니까?"

"과거로 가는 땅에 대해 알고 있나?"

나는 대답 대신 질문으로 되묻는다.

"들어봤습니다. 소용돌이가 거센 땅입니다. 인간은 소용돌이를 뚫지 못하고 휩쓸려 죽는다고 들었습니다. 거기로 가십니까?"

"그곳으로 갈 생각이다."

"과거로 가려고 하시는 겁니까?"

"갈 수만 있다면."

"왜 가십니까?"

"머물던 곳에 계속 머물 이유가 없어서 그곳으로 간다."

"알겠습니다. 그리고 혹시 카일을 만나면 제 소식을 전달해주십시오. 팔이 생겼으니 그만 돌아오라고 말입니다."

"카일인 걸 어떻게 알 수 있지?"

"초록색 스카프를 했습니다."

나는 불현듯 떠오른 남자의 기억을 억누르며,

내가 할 수 있는 대답을 전부 훑는다. 말의 첫머리를 셀 수 없이 바꾸며 가장 적당한 말을 찾는다. 정확하지 않은 정보를 말하지 않겠다는 다짐과 접합 부위가 전부 닳아 더는 걸을 수 없을 때까지 걷는 알아이아이의 미래에 대한 추측과 비밀이란 절망을 숨겨주는 막이라던 랑의 말이 뒤섞여 떠오른다. 첫 여행을 앞두고 있던 지카가 랑에게 떠난다고 말할 기회를 몇 번씩이나 놓치며, 말을 하려 할 때마다 입에 커다란 공을 문 것처럼 입술이 그 상태에서 움직이지 않는다고 내게 토로했던 것이 떠오른다. 나도 공을 문다. 내 입에 공이 있다.

"……그렇군."

나는 시시한 말을 내뱉는다.

"그만 가보지."

"다음에 또 뵈었으면 좋겠습니다."

"그랬으면 좋겠군."

그럴 가능성이 아예 없다고 생각하면서도, 혹시 또 하염없이 떠돌다 보면 언젠가 만날 수 있을지도 모르니.

한참을 걷다 멈춘다. 뒤돌아본다. 돌아가는 길이 보이지 않아 다시 걷는다. 문득 어느 곳으로 가도 랑이 없다는 사실이 이상하다. 이런 적이 단 한 번도 없었는데. 한 달에 한 번씩 조와 함께 꼬박 두 시간을 걸어가야 나오는 식료품점을 갈 때와 지카의 집에 놀러 갔던 날을 제외하고 랑이 이렇게 오래 내 옆을 비운 적이 없었는데. 싱그럽던 랑의 움직임이 이 사막 어디에도 없다는 것이, 기다려도 만날 수 없다는 것이, 이 이상함을 계속 이상한 채로 품어야 한다는 것까지 전부 끈적하게 등에 달라붙는다. 낯선 감각이 든다. 이를테면 가슴판을 열어 속을 헤집고 싶다는 충동. 형용할 수 없는 응어리가 오색 빛깔로 내 속을 휘젓고 다니는 것만 같다.

'속에 주먹만 한 알갱이가 있어.'

조가 죽고, 야외 의자에 두 다리를 끌어안은 자세로 앉아 있던 랑이 말했다. 반나절 만에 처음 꺼낸 말이었다.

'그 알갱이가 내 속을 막 두드리면서 돌아다녀. 나는 그게 무척 거슬려. 고고, 이게 뭔지 알아? 이

게 울음덩어리야. 나오고 싶어서 난리가 났지. 근데 버틸 거야. 울지 않을 거야, 나는.'

나는 얼마 걷지 못하고 무릎을 굽혀 앉는다. 웅크린 자세로 앉아 내 안을 떠도는 응어리를 판단의 오류라 여기며, 어쩌면 정말 벌레가 들어간 것일지도 모른다고 추측한다.

'고고, 나중에 주먹이 배를 두드리는 느낌이 나면 나한테 꼭 알려줘. 그때 같이 있어줄게.'

'그럴 일은 없을 거다, 랑.'

검은 벽이 보인다. 모래 폭풍이다. 내가 서 있는 곳의 고요함이 거짓처럼 느껴진다. 폭풍은 하늘을 가른 틈 같다. 넘어오지 말라고 거대한 칼로 그어 놓은 선. 경고를 무시하고 울타리를 넘었기에 인간들은 다시 돌아오지 못하는 걸까. 검은 벽을 따라 새 한 마리가 날아가다 방향을 틀어 북쪽으로 향한다. 저 새를 따라가면 지카를 만날 수 있을지도 모른다. 새는 생명이 있는 곳을 향해 난다. 그렇다면 반드시 바다에 가게 될 테니까. 하지만 새가 사라질 때까지 나는 움직이지 않는다. 이곳은 증명된 것 하나 없는 낭설의 땅. 오직 인간의 헛된 희망으로 만들어졌을 확률이 더 높은 땅. 하지만 알면서도, 돌아가는 것이 합리적인 걸 알면서도, 랑을 만날 수 없다는 걸 알면서도, 정말이지 다 알면서도 합리성을 거부하며 랑을 다시 만날 수 있을 거란 0.01퍼센트의 확률을 따르고 싶다.

그러니까 인간에게 0.01퍼센트는 불가능의 수치와 맞먹는 것일지라도 내게 그 숫자는 '존재한다'이다. 불가능과 가능의 기준이 아니라 존재의 유무이므로, 존재할 확률이 랑의 머리카락 한 개만큼이라도 있다면 그것은 내게 있는 것이므로 나는 한 점으로도 남지 않은 새를 좇던 눈을 거두고 검은 벽을 향해, 폭풍이 있는 방향으로 걷는다.

가까워질수록 바람이 거세진다. 바람의 저항을 줄이기 위해 허리를 숙인다. 천이 날아갈 것 같아 꼭 움켜쥐고 무거운 몸을 이끈다. 사방이 어둡다. 기운 집이 내던 나무의 맞물린 소리 따위가 멀리서부터 출처 없이 들려오고 어느 순간부터 얼굴에 물방울이 맺힌다. 비인가. 고개를 들어 하늘을 바라보지만 비구름이 떠 있는지조차 알 수 없다. 폭풍에 갇힌 수분일 수도 있다. 어쨌거나 무엇이 됐든 물이 묻는 건 위험하다. 내게는 모래 폭풍보다 비가 더 치명적이다. 천을 꼼꼼하게 두르고 싶지만 팔이 하나뿐이어서 그럴 수가 없다. 나는 최대한 걸음을 서두른다. 표면에 맺힌 물이 틈으로 들어가 기계 내부에 닿는다. 방수 처리가 되어 있지 않아 어쩔 수 없다. 폭풍을 뚫고 나갈 때까지만 버텨주길 바랄 뿐이다.

오른쪽 무릎이 멋대로 접히며 주저앉는다. 다시 일어나려고 하자 오른쪽 무릎이 뻣뻣해 펼쳐지지가 않는다. 물이 닿으면서 문제가 생긴 걸까. 반대편 다리에 있는 힘껏 힘을 주지만 역부족이다. 천을 놓지 않은 상태에서 무릎에 손을 올린다. 억지로 펼치면 부러질 수 있다는 걸 알지만 달리 방도가 없다. 이 상태로 계속 있어봤자 진행되는 건 내 몸의 부식일 뿐이다. 나는 또다시 힘껏 몸을 일으키며 접힌 무릎을 억지로 민다. 심상치 않은 소리. 불길한 소리. 무언가가 어긋나는 소리. 그런 소리가 무릎에서 들렸지만 몸을 일으키는 것에는 성공했으므로 나는 아랑곳하지 않고 다시 걷는다. 다리가 조금 헐거워진 것을 느끼며, 끝나지 않을 것 같은 검은 폭풍 속을 가로지른다. 바람 소리가 매섭다. 나는 주변 소음 차단 모드를 켜고 저장되어 있던 랑의 메시지를 튼다. 이 메시지는 우리가 새벽까지 별을 보고 돌아가던 길에 녹음된 것이다. 갑작스러운 폭풍이 불어닥쳐, 한 치 앞도 보이지 않던 길을 뚫고 집으로 돌아가야 했던 그 새벽. 나는 돌부리에 걸려 발목을 다친 랑을 두 팔로 안고 있었고 랑은 태풍이 무섭지도 않은지 연신 웃으며 내게 속삭였다.

'눈을 감고 걸어봐, 고고. 나처럼. 그럼 꼭 우리가 춤을 추는 것 같아. 우리 둘 다 춤추는 법을 모르잖아. 근데 바람이 미는 대로 몸을 가볍게 움직이면 꽤 그럴듯하게 느껴져. 바람을 뚫고 가는 건 힘드니까 이렇게 춤추면서 간다고 생각하자. 허밍은 내가 해줄게.'

나는 눈을 감고, 랑이 흥얼거리는 소리에 맞춰 몸을 움직인다.

'어, 넘어지지 말고! 뭐야, 장난이야? 놀랐잖아. 그럼 이번에는 박자 맞추면서 해보자. 근데 나 사실 박치거든? 그러니까 고고가 알아서 잘 맞춰

야 해. 자, 처음부터 해보자. 둘 둘 셋……'

그때처럼 몸을 자유롭게 움직이고 싶다. 안겨 있던 랑이 하늘을 나는 듯 보였던 순간처럼. 오른쪽 다리가 아까와는 반대로 제대로 굽혀지지 않아 걷는 것이 수월하지 않지만, 랑의 박자에 맞춰 걷는다.

'하나, 둘, 셋.'

'둘, 둘, 셋.'

'셋, 둘, 다섯.'

그렇게 기어코 전원이 꺼질 때까지, 춤추듯이.

나무가 보인다. 바람을 따라 잎사귀가 살랑살랑 흔들리는 나무가. 나는 눈꺼풀을 깜빡이며 영상의 중첩을 고치려 하지만 몇 번을 반복해도 그대로다. 흔들리는 잎사귀. 사막에 있을 수 없는 나무. 불가능한 상황을 목도하며 나는 순간적으로 죽음과 죽음이 이끄는 사후에 대해 떠올린다. 나에게도 죽음이 있던가. 내가 갈 다음 세상이라는 게 있던가. 하지만 나는 태어난 것이 아니라 만들어졌다. 만들어졌다는 건 목적이 있다는 것이다. 정녕

116

사후세계가 있다고 하더라도 내 목적은 이 세계에만 있을 뿐 사후에는 존재하지 않는다. 나는 그곳에 갈 수 없다.

"이 세계에서 가장 오래된 나무야."

목소리가 들리는 정수리 쪽으로 목을 꺾어 시선을 옮긴다. 바위에 앉아 있는 인간이 보인다. 시선을 다시 정면으로 옮겨 와, 나는 차분히 주변을 파악한다. 바람이 거세지 않고 평온하며 하늘은 구름 없이 푸르다. 이제 내 몸 상태를 살펴본다. 표면의 물기는 모두 증발된 상태였고 오른쪽 무릎은 여전히 뻣뻣하지만 움직일 만했다. 이로 인해 유추할 수 있는 건 내가 폭풍 속에서 완전히 망가지지 않았다는 점이며 동시에 궁금해지는 것은 내가 어떻게 폭풍을 빠져나왔느냐는 것이다. 기록된 마지막 영상에서, 폭풍을 다 건너기 전에 전원이 꺼지는 나를 다시 확인한다.

"아까워. 조금만 더 걸었으면 통과인데! 그래도 거의 다 온 거나 마찬가지니까."

나는 다시 목을 꺾어 인간을 바라본다. 홍채와 머리칼이 금빛인 인간이다.

"그래서 데리고 나왔다. 원래 위험해서 잘 안 들어가는데. 운 진짜 좋다, 너."

"가가가⋯⋯각⋯⋯."

고마움을 전하려 하는데 소리가 끊긴다.

"물 들어간 거 아직 덜 말랐나 보다. 말하지 말고 있어. 감사하다는 말 알아들었으니까."

나는 인간의 말을 따른다. 억지로 더 말을 하려고 했다가는 복구 불가능의 상태가 될 수도 있다. 대신 나는 몸을 일으켜 인간에게 고개를 숙인다. 행동의 언어가 가능해서 다행이었다. 내 행동에 인간이 크게 웃음을 터트린다. 오래갈 줄 알았던 웃음은 비교적 빠르게 진정된다.

"궁금한 게 많은데 네 상태가 그러니 질문을 할 수가 없네. 그래도 간단한 건 방금처럼 머리로 대답해줄 수 있지?"

그렇다는 의미로 고개를 끄덕인다.

"좋아! 폭풍을 통과한 건 실수야?"

고개를 젓는다.

"아, 그럼 일부러 건넜다는 거구나?"

그렇다고 대답한다.

"목적을 묻고 싶은데, 이건 지금 들을 수가 없으니까 잠시 넘기고. 음, 너 로봇이지?"

이번에도 그렇다고 대답한다. 인간이 바위에서 뛰어내려 나에게 다가온다. 인간의 신장은 랑보다 작은 것으로 보아 153센티미터에서 155센티미터 사이일 것이다. 뼈가 드러날 정도로 마른 편이며 성별은 구별되지 않는다. 가까이 다가온 인간이 나를 위아래로 훑으며 주위를 맴돈다. 버진이 했던 행동 같지만 버진의 행동이 '관찰'이었다면 지금 이 인간의 행동은 '분석'에 가깝다. 한 바퀴를 돈 인간이 내 앞에 서서 눈을 맞춘다. 눈동자가 저토록 황금빛으로 빛나는 인간은 처음이다. 지구의 인종에게서는 볼 수 없을 만치 밝은 눈이었다.

"근 1천 년 안에 만들어진 기종은 아닌 것 같은데……. 단종된 부품들도 있고. 그렇다고 1천 년을 꼬박 생활했다기에는 상태가 그럭저럭 볼만한데……. 흐음, 어렵네."

골몰하는 인간의 말에 끼어들고 싶은 걸 참는다.

"그런데 내 기억 속에 너 같은 로봇을 본 적이

있는 것 같거든? 조금만 기다려봐. 정확하게 떠올릴 수 있는 시간이 필요해."

나는 반복해 고개를 끄덕인다. 인간이 팔짱을 낀 채 나무 주위를 돌며 생각에 빠진다. 저 인간에게 듣고 싶은 말도 있지만 그보다 질문을 하고 싶다. 당신은 누구인가? 어떻게 내가 1천 년 넘게 존재해왔다는 것을 알고 있는가? 당신도 폭풍을 뚫고 이곳에 왔는가? 언제부터 여기에 있었고, 어떻게 목숨을 유지하고 있는가? 따위의 질문들이 끝도 없이 생성된다. 이렇게 많은 질문을 한꺼번에 떠올린 게 실로 오랜만이라 과부하가 걸릴 것 같다. 나는 천천히 질문들의 순서를 배치한다.

인간이 나무 옆에 서자, 나무의 크기가 처음 보았을 때 짐작했던 것보다 훨씬 크다는 걸 깨닫는다. 저 인간의 보폭으로 열세 걸음 정도를 걸어야 나무 한 바퀴를 돌 수 있다. 바람이 분다. 인간의 짧은 머리카락과 잎사귀가 스스스, 소리를 내며 바람에 흩날린다. 나무로 향한다. 지카에게 말해주고 싶다. 목숨을 걸어서라도 보고 싶어 했던 잎이 푸른 나무는, 어쩌면 그럴 만한 가치가 있는지

도 모른다고. 단단한 나무껍질에 손을 올리며, 나
는 세워두었던 질문 목록 중 첫 번째 질문을 두 번
째로 밀어내고 새 질문을 넣는다. 이 나무는 어떻
게 살아 있는가, 이토록 웅장하게.

"꽤 괜찮은 장면이다. 내가 감독이었으면 지금
이 순간을 찍었을 거야."

인간은 어느새 다시 바위에 앉아 있다. 양쪽 검
지와 엄지를 이용해 사각형을 만들어 그 사이로
나를 보고 있다.

"내 친한 친구가 영화를 네 편 정도 찍었었거든.
그때 옆에서 많이 거들었어. 흥행에는 실패했지
만 나는 나쁘지 않았다고 생각해. 아니, 나쁘지 않
은 게 아니라 아주 좋았지! 그 시대 사람들의 안목
이 별로였어. 진정한 슬픔은 평범한 하루 속에 깃
들어 있는데 자꾸 특별한 절망을 만들려고 했으니
까. 마지막 영화만 잘됐어도 친구는 더 많은 영화
를 찍었을 텐데 돈이 없어서 그만두었어. 정말 미
련하지 않아? 인간이 상상으로 만들어낸 값 때문
에 하고 싶은 걸 못하는 시대가 있었다는 게."

인간에게 다가간다. 인간은 바위를 침대 삼아

누워 하늘을 바라본다. 흐트러진 머리카락 사이로 이마가 드러난다. 나는 이 인간의 성별도, 나이도 추측할 수가 없다. 이 인간은 두 성별을 모두 갖고 있는 것 같기도 했고 모두 가지고 있지 않은 것 같기도 했으며, 동시에 아이 같기도 했고 청년 같기도 했다. 무엇보다 나를 혼란스럽게 하는 건 이 인간이 내뱉는 말이다. 인간이 하는 말들은 미묘하게 시대와 맞지 않는다.

"친구가 떠나며 나한테 자신이 아끼던 사진기를 물려줬어. 그 사진으로 계속 사진을 찍고 다녔어. 중간에 몇 번 필름을 분실하기도 했지. 그래도 계속 찍었어. 그 친구와의 약속이었거든. 전쟁시대에도 사진을 계속 찍고 모았지. 나중에 박물관에 기증하려고. 그런데 회복이 되지 않았고, 점점 더 악화되기만 하더니 결국 이렇게 됐잖아. 내 판단이 틀렸어. 언제나 좀 갈팡질팡하고 가끔 퇴보하고 가끔 최악이긴 했어도 틀린 적은 없었는데."

"… 어… 부… 트, 트……."

"지금 말하지 말고 조금만 더 참아봐. 아까보다는 나아졌으니까 소리는 분명 돌아올 거야."

나를 진정시키고, 인간이 제 말을 이어 간다.

"그것만 한 건 아니야. 나는 한때 곤충과 식물을 연구하는 학자이기도 했지. 이 행성에 온 지 몇 년 동안은 한동안 빠져 살았어. 살펴보고 싶었거든. 내가 사는 곳과 어떻게 다른지. 그러려면 무엇보다 곤충과 식물이 중요해. 이끼나 해조류도 포함해서. 그런 걸 살피면 이 행성이 어떻게 구성되어 있는지 어렴풋이 알 수 있거든. 그때는 정말 흥미로운 시간이었어. 내 하루가 그렇게 빨리 간 적이 없어. 아, 어디 소속되어서 연구하고 그랬던 건 아니야. 나는 사람들에 비해 시간이 많으니까. 처음에는 그렇게 심심풀이로 하다가 나중에 홀로 남게 됐을 때는 어디 호숫가 근처에 오두막 짓고서 홀로 10년 정도 거기에 머물면서 공부했던 거 같아. 밖으로 나오지도 않고. 작은 텃밭을 가꿨는데 혼자 먹고 지내기에 그 정도가 딱 좋았어."

몇 가지 단서를 조합해본다. 인간은 적어도 1천 년 이상을 살았으며 전쟁시대를 겪었다. 전쟁시대가 지금으로부터 2천 년가량 전이므로, 도합 2천 년 정도를 산 것이다. 이게 가능한지는 모르겠지만. 그동안 꽤 여러 직업을 가졌으며 대체로 인간이나 지구의 환경을 관찰하는 일을 주로 한 듯하다. 여러 가지를 조합해봤을 때, 이 인간은 인간이 아닐 확률이 크다. 그렇다면 나와 같은 로봇인가. 인간의 겉모습과 똑같이 만들어진.

"그곳에 산불만 나지 않았어도 10년은 더 거뜬히 있었을 텐데. 한번 산불이 나더니 숲이 복원되지 않더라고. 땅이 완전히 메말라 있었던 거야. 안타까워."

인간이(인간이라 보이는 것이) 입소리를 내며 아쉬움을 달랜다.

"나와 시간이 다른 건 알지만 그래도 사람은 모든 걸 너무 빨리 바꿔. 나는 그게 너무 아쉬웠어. 다양한 꼴을 볼 수 있었던 건 결과적으로 즐거웠지만 말이야."

인간이 숨을 고른다.

"나한테도 친구가 있었거든."

조가 죽은 뒤, 조의 이야기를 꺼낼 때마다 랑이 짓던 표정이다. 내 무릎을 베고 누워 조의 다리처럼 포근하지 않다며 면박을 주던 랑의 얼굴 같다.

짓궂은 목소리와 합치되지 못한 눈은 눈물이 차올랐다 마르기를 반복했지만 랑은 끝끝내 눈물을 흘리지 않았다. 밖으로 흐르지 못한 눈물은 체내에 흡수되어 몸을 무겁게 만든다. 그리울 때 랑은 무거워진다.

"나는 그 애들이 아주 어렸을 때부터 죽을 때까지 함께했어. 모두가 노인이 되지도 않았고, 모두의 죽음을 지켜본 것도 아니지만 내가 느끼기에는 그래. 나는 그 아이들의 삶을 전부 사랑했으니까. 그 아이들은 내가 자신들보다 훨씬 느리게 늙는다는 것을 대수롭지 않게 여겼지. 나보다 더 중요한 것들이 훨씬 많은 세상이었거든."

인간이 자리에서 벌떡 일어난다. 바위 위를 떨어질 듯 위태롭게 걷는다.

"비행기를 처음 탔을 때가 기억나. 우리는 함께 여행했어. 물론 나도 함께 탄 건 아니야. 비행기를 타려면 굉장히 까다로운 절차가 필요했거든. 그래서 나는 내 비행선으로 따라갔어. 그때 아이들의 나이는 어느덧 인간의 나이로 중년에 가까운 나이였는데도 그들은 아이였을 때의 모습과 다르지 않

게 웃어. 정말 똑같았어. 우리는 여행을 하면서
도 계속 여행 이야기를 할 수 있을 정도로 즐거웠
지. 불의 땅이라 불리는 캄차카만과 바이칼호수에
언젠가 가자고 약속도 했어. 그런 시간은 많지 않
아. 인간의 삶은 아주 짧아서 모든 건 빛처럼 반짝
하고 지나가거든. 결혼을 하고 아이를 키우고 멀
리 떨어져 살아도 나는 여전히 그 애들의 친구였
고, 종종 집에 놀러가 친구의 아이들과 놀기도 했
어. 우리가 다시 만나기 시작한 건 자식들이 출가
하고 배우자가 죽었을 때부터야. 예전처럼 여행을
떠나지는 못했지만 매일 만나 이야기를 나눴지.
정말 행복했어. 지구에 오래 있었지만 그때 같은
아이들은 다시 만나지 못했어."

　뚫린 구멍으로 쏟아지는 모래처럼 쉬지 않고 이
어지는 인간의 말을 들으며, 나는 인간이 얼마나
오랫동안 혼자 있었는지를 가늠해본다. 인간은 자
신의 기억을 안전하게 다른 곳으로 옮겨놓고 있
다. 혼자만 기억하고 있는 건 언제든 사라질 위험
성을 안고 있는 것이므로. 인간은 그런 식으로 기
억을 유지시켰다. 인류 탄생 이래 계속해서.

"너 환생에 대해 믿어?"

인간이 돌연 나와 눈을 마주치며 묻는다. 나는 머뭇거리다 고개를 젓는다. 사실 한 번도 이야기 나눠본 적 없는 주제였다. 영혼이나 우주의 순환 따위는, 적어도 내가 가진 데이터로 답할 수 있는 영역이 아니었다.

"그런 건 없어."

인간이 단호하게 말한다.

"없는데, 나는 있다고 생각했어. 딱 어제까지."

"……어, 어, 즈, 에."

음성이 조금 돌아온 듯하다.

"응. 제일 오랫동안 함께 있다 떠난 친구랑 약속 했거든. '살리, 인간의 영혼은 돌고 돌아 다시 태어난다고 해. 그러니 심심하더라도 조금만 참아. 우리가 금방 다시 네 곁으로 갈 테니까.' 그래서 조금만, 조금만 하다 보니 2천 년이 지났어. 그런데 여태 아무도 나를 만나러 오지 않네. 그래서 이제 기다리는 걸 그만두었어. 물론 지금까지 남아 있던 이유가 그것만 있는 건 아니지만 그것까지 내가 너한테 말해야 할 필요가 있을까?"

나는 고개를 젓는다. 그리움은 감정 중 시효가 가장 길다. 살리는 그 이후로도 끝끝내 그 아이들만큼 마음 줄 인간을 만나지 못했던 걸까.

"딱 떠나려던 순간에 너를 발견했네! 아쉬웠는데 잘됐지 뭐야."

살리가 웃는다. 나는 저 웃음의 이질적인 부분을 이제야 깨닫는다. 아이의 얼굴처럼 천진난만하지만 깊어져버린 감정이 뒤섞여 있다. 웃고 있지만 동시에 그리워하고, 아쉬워하고, 슬퍼한다. 나는 그 얼굴을 어떤 표정으로 받아들여야 할지 갈피를 잡지 못한다.

"너는 어⋯⋯ 존재지? 인간이 맞⋯⋯가?"

아직 불안정하지만 묻는다.

"그럼. 비록 나는 지구의 시간보다 훨씬 느리게 흐르지만 또 다른 별의 인간이지."

"다른 행성에서 왔⋯⋯ 말처럼 들리는데."

살리가 고개를 끄덕인다.

"은하수가 지나는 길목에 있지. 마차부자리라고 알아? 사람들은 내 행성이 있는 그 부근을 그렇게 부르던걸."

"……알다마다."

랑에게 말하고 싶다. 나를 구해준 걸로 미루어 보아 우주에서 온 인간에게 내 첫인상이 썩 나쁘지 않은 모양이라고.

"저 나무는 어떻게 ……까지 살아 있는 거지?"

이번에는 나무를 가리키며 묻는다.

"이제 저 나무가 내 마지막 친구야. 처음 폭풍에 휩쓸려 여기까지 왔을 때 저 나무의 가지에 걸린 덕분에 더 날아가지 않았거든. 저 나무가 나를 도와준 거지."

"하지만…… 환경……서 나무가 저렇게 살아 있…… 불가능하다."

음성장치가 도중에 자잘한 오류를 낸다. 그렇지만 의사를 전달하는 데에는 방해가 되지 않기에, 나는 개의치 않고 마저 묻는다.

"어떻게 저런 생존이 가능……가?"

"고마움의 대가로 내 힘을 좀 나눠줬지. 그럼 변화의 속도를 늦출 수 있거든."

그렇게 말하고 인간은 곧바로 자신의 말을 정정한다.

"사실 내가 외로워서 그랬어. 저 나무는 원치 않았을지도 몰라. 나 때문에 친구 하나 없는 사막에 저렇게 덩그러니 서 있게 됐잖아. 그래서 나는 가기 전에 저 나무를 어떻게 해야 할지 고민 중이었어. 다시 돌려놔야 할까? 아무래도 사막에 혼자 있기는 외롭겠지?"

"나무, 무, 무 외로움을 느끼지 못할 텐데."

"그걸 네가 어떻게 알아?"

"식물에게 감정이 있는지 인, 인, 간은 알아내지 못했다."

"알아낼 방법이 없다는 건 결국 알 수 없다는 말과 같은 거 아니야? 알 수 없는 건 안다는 것과 달라, 그렇게 단정 지어서 말할 수 없는 거야. 식물도 서로 상호작용을 해. 나는 식물을 오래 관찰해서 알아. 식물도 제 곁에 있는 다른 식물들의 존재를 느끼고 공생한다고."

인간의 목소리가 격앙됐다. 나는 사고가 마비된 것처럼 논쟁할 말을 찾지 못하고 오롯이 인간의 감정이 요동친다는 것에만 집중한다. 인간의 표정과 몸짓을 살피며 분노의 흔적을 찾는다. 몸이 떨리는가, 체온이 높아졌는가, 숨이 거친가, 때에 따라 눈물이 차오르는가, 입술을 깨무는가. 다행히 인간에게서는 숨이 조금 거칠어졌다는 정도의 변화만 관찰된다. 그제야 회로가 원래의 평정을 찾는다.

"미안, 나는⋯⋯."

무작정 말을 꺼낸 다음 할 말을 정리한다. 인간과 식물의 감정에 대해 말을 얹는 로봇이라니.

"감정이 뭔지 모른다. 내가 말을 얹을⋯⋯ 주제가 아니었군."

"⋯⋯."

"감정은 내 것이 아니니까."

그것은 내가 탐낼 수 있는 것이 아니다. 어쩐지 비참하다는 단어를 쓰고 싶다.

인간이 바위에서 내려와 나무를 향해 걷는다. 나무를 어루만지고, 끌어안으며 뺨을 댄다.

"너는 이름이 뭐야? 기억해 갈게."

"고⋯ 고⋯⋯."

"고고. 고고구나, 재미있는 이름이네. 나는 살리야."

그리고 눈을 감아버린다. 살리에게 가기 위해 걸음을 떼려 했지만 오른 다리가 움직이지 않는다. 굽혀지지 않는 것을 손으로 붙잡고 억지로 굽힌다. 무언가 끊어지는 소리가 났지만 우선 걷는다. 걸을 수 있게 됐으므로.

검은 벽 너머의 사막은 다른 세상처럼 고요하다. 그 탓에 나는 이곳이 폭풍에 둘러싸인 외딴섬 같은 공간이라는 걸 잊는다. 사방에 폭풍의 벽이 있다는 걸 두 눈으로 확인한다. 그 가운데에 한 그루의 나무와 살리가 있다는 것도. 살리가 나무를 끌어안고 있다. 나무가 살리를 끌어안은 것 같기도 하다. 언뜻, 서로가 서로를 부둥켜안고 있는 것도 같다. 그리고 어떤 쪽이든 별 상관없어 보인다. 중요한 건 나무와 살리의 겉껍질이 서로 닿았다는 점이다.

"조금 전 네 말은, 꼭."

살리가 눈을 감은 채 말한다.

"너도 감정이 있다는 말처럼 들려. 너는 아쉬워하고 슬퍼하는 것처럼 느껴져. 감정을 가질 수 없다는 사실에."

"그렇게 느끼…… 네가 감정을 느끼는 존재……기 때문이다."

"감정은 교류야. 흐르는 거야. 옮겨지는 거고, 오해하는 거야."

살리의 말은 단번에 이해되지 않는다. 나는 말을 분석해본다. 쉽지 않다. 살리에게 뜻을 도로 묻고 싶지만 살리가 말을 잇는 바람에 기회를 놓친다.

"그냥 그럴듯하게 연기하는 거야. 느끼고 공감하는 것처럼. 자연스러우면 그게 바로 감정이야."

"하지만 나한테는 감정을 정의…… 교감신경 따위 존재……지 않아. 느끼는 것조차 불가능하지. 단지 흉내 내고 …… 뿐이야. 그건 연기라고도 할 수 없……."

살리가 눈을 번쩍 뜨고 걸어와 내 옆에 나란히 선다.

"하지만 생각해봐."

그리고 내 주위를 천천히 걷는다.

"이제 너를 로봇으로, 나를 외계인으로 부를 인간이 우리 곁에 없어. 그렇게 구분 지어 부를 필요

성도 사라졌고. 혹 마지막 남은 인간마저 사라졌다고 생각해봐. 그럼 너는 누구를 흉내 내고 있는 거야? 어떤 감정을 모방하는 거야? 인간은 사라졌고 너와 나만 남았다면."

"……그…… 내 것."

"내 말, 무슨 말인지 알겠지?"

고개를 끄덕인다.

"완벽하지 않더라도 보기에 그럴싸하면 돼. 네가 감정을 진짜 느끼는지 아닌지는 중요하지 않아. 내가 느끼기에, 그 애가 그렇게 느끼기에 그렇다면 된 거야. 안 그래? 그냥 다 따라 하는 거야. 인간이라고 상대방에게 감정이 있는지, 없는지 어떻게 알겠어? 영혼을 빼어 볼 수 있는 것도 아닌데. 상대방에게 감정이 있다고 믿는 순간 생기는 거야. 그러니까 너도 시치미 떼. 감정도 네 것이라는 듯이 행동해."

"……것이라…… 듯."

"응, 내 것이라는 듯이! 너는 내가 만난 인간과 별로 다르지 않아. 그거면 됐잖아, 뭐가 더 있어야 해? 네가 감정이 있다고 말하기 어려운 건 머쓱

해서 아니야? 하지만 이제 누구도 너의 감정을 우습다고 말하지 않아. 너는 내가 보기에 꼭 인간 같아."

"아니. 나는 내…… 인간이 되기…… 원하는 게 아니다."

"아아, 미안. 맞아, 굳이 인간일 필요는 없지."

시간을 달라 부탁하고 나는 차분하게 살리의 말을 정리한다. 그러니까 내게 감정을 판단하고 느낄 교감신경과 뇌가 없더라도 중요한 건 내가 그 감정을 학습하고 흉내 낸다는 것이다. 완벽하지 않더라도, 그건 감정이다. 결과보다 행위가 중요하듯이. 감정을 느끼는 정확한 지점보다, 감정을 따라 하는 행위가 중요한 것이다. 어쩐지 '흥분'되는 것 같다. 그건 나는 할 수 없는 신경계의 변화이지만 흥분한 듯 주먹을 꽉 쥐고, 살리를 마주 보며 당장이라도 소리치고 싶다고 생각한다면 그것 역시 내가 느끼는 흥분의 감정일까. 나는 빠짐없이 랑의 감정을 느꼈던 걸까.

그렇다고 믿고 싶다.

믿고 싶다는 걸 믿고 싶다.

"궁금한…… 있는데."

살리가 물어보라는 듯 고개를 옆으로 기운다.

"죽은 인간…… 내내 생각난다. 누구를 만나……, 누구와 대…… 나누든 불쑥……쑥 켜지도 않은 영상이 재생된다. 멈추고 싶……도 멋대…… 재생돼…… 달리 방법이 없다. 망연하게 보는 ……밖에. 이 오류 원인…… 알고 있나?"

"너도 이미 알고 있잖아. 그게 그리움이라는 걸."

"그럴까……."

"그건 정말이지 못된 감정이야. 시효도 길어. 우리를 뜨겁게 하는 것들! 사랑! 질투! 원망! 이런 건 다 금방 증발하는데 우리를 하염없이 가라앉게 만드는 이 감정은 정말이지 너무너무 길어. 그래서 시간이 흐를수록 생명체는 잠잠해지나봐."

몸이 멋대로 주저앉는다. 살리의 말에 감격한 나머지 인간처럼 다리에 힘이 풀렸다고 하고 싶지만 나는 완전히 무너진 오른쪽 다리를 확인한다. 반쯤 기울어져 주저앉은 나를 따라 살리가 앉는다. 내 몸을 살핀다. 살리에게 묻는다.

"이곳…… 과거로 가는 땅이 ……나?"

하지만 살리는 내 물음과 상관없는 답을 한다.

"우리 행성에 부품이 많아. 가면 고칠 수 있을 거야. 원칙상 다른 행성에 있는 생명체는 그 어떤 것도 데려가서는 안 되지만 너는 생명체가 아니잖아. 우리 행성의 생태계를 교란시키지 않을 테니까 괜찮아. 다들 환영해줄 거야. 나랑 같이 가자."

살리는 마치 사막의 선인장 같다. 불가능을 가능으로 만드는 마법 같은 말을 계속 뱉는다. 하지만 나는 기울어진 몸을 하고서 고개를 젓는다. 내가 가야 할 곳은 따로 있다. 나는 이곳에 과거로 가는 땅이 있느냐고 또 묻는다. 살리는 이제야 그렇다고 대답해준다. 이곳에 과거로 가는 홀이 있다고. 살리는 그렇게 내가 묻혀 있던 시대의 이야기를 들려준다.

전쟁이 끝난 뒤에야 인간들은 자신들이 돌이킬 수 없는 짓을 저질렀다는 것을 깨달았다. 언제나처럼 극복할 거라 여겼지만 망가진 사회를 일으키는 것과 망가진 자연을 돌려놓는 것은 전혀 다른 일이었다고. 인간은 먹을 게 없어 죽고, 전염병으로 죽고, 재해로 죽었다. 하루에 수십만 명의 인간들이 청소기에 빨려 들어가듯 죽음의 언덕을 넘었고 더는 인류의 존속을 유지할 수 없다 판단한 인간들은 시간을 되돌리기 위해 머리를 맞대었다. 그 전쟁을 없던 일로 만들기 위해. 죽음은 언제나 인간의 어깨에 앉아 두 손을 조종한다고, 살리는 인간들이 한 세기 만에 이룩한 과학적 업적을 그렇게 표현했다. 그렇게 만들어진 산물에는 죽음의 손자국이 남아 있다. 과거로 가는, 스타디움만 한 기계가 파멸을 불러오기 전까지 27세기 인간들은 알지 못했다. 고작 몇만 명이 들어갈 수 있는 조그만 기계가 지구의 모든 것을 엉망으로 만들어놓을 줄은. 돌아갈 수도 없게, 나아갈 수도 없게. 모든 것을 없던 것으로 만들 줄은.

지금 그 기계는 내 등 너머에 있다. 고요하게 소용돌이가 치는 땅.

"고요한 이유는 소리마저 빨아들이기 때문이지. 실제로 엄청나게 시끄럽고 위험해. 어떤 것도 버티지 못해. 너는 그러니 들어가지 못해."

"나는 가야 한다, ……곳으로."

음성이 도중에 끊겨 나는 말을 반복한다.

"랑이 있는 곳으로."

"하지만 너 망가지고 있잖아."

"그런가⋯⋯."

맞다. 이제 연료도 얼마 남지 않았다.

"그 몸으로는 못 버텨. 들어가자마자 산산조각이 날걸."

살리의 말처럼 내 몸은 버티지 못할 것이다. 어쩌면 제대로 서 있는 것조차 불가능한 상태일지 모른다. 알아이아이에게 팔 한쪽을 내주며 생긴 단면으로 많은 양의 물이 스며든 탓이다. 나는 내 몸을 내려다보며 욕을 내뱉는다. 살리를 따라가면 내 몸을 다시 원래대로 만들 수 있고, 살리와 함께 있을 수 있다는 걸 알면서도 선택하고 싶지 않다. 살리를 따라가면 나는 후회할 것 같다.

그리움 속에. 그리움은 시효가 기니까.

어쩌면 내가 움직이는 한 영원히 달라붙겠지. 끈적하게. 나는 팔 한쪽을 알아이아이에게 떼어준 걸 후회한다. 아무런 준비 없이 무모하게 폭풍을 건넌 내 판단을 후회한다. 나는 이 순간 나를 설명하는 모든 상황을 후회한다. 후회해서 또 욕을 뱉는다.

살리의 손이 흙을 움켜쥔 내 손을 덮는다. 고개를 들어 살리를 본다.

"고고, 너는 랑을 만나고 싶은 거지? 간절하게."

나는 망설이다가, 그 단어와 내가 맞는지를 다시 의심하다가, 또 다시 멋대로 재생되는 랑의 영상을 목격한다. 죽은 랑의 얼굴이 떠오른다. 심장이 멈춘 랑의 차가운 몸이, 불러도 대답 없던 랑의 평온함이, 그 옆에 서서 한참 동안 랑을 내려다보던 내가 떠오른다.

나는 인간이 왜 죽는지를 생각했다. 심장의 기능이 멈추면 죽는다는 걸 생각해낸 후에는 심장을 다시 움직이게 할 방법을 생각했다. 그러다 도저히 그 방법이 생각나지 않아, 나는 끝끝내 죽은 랑을 곁에 그냥 두면 안 되는지를 고민했다. 꼭 묻어야만 하는가. 얼굴이라도 볼 수 있게 침대에 두면 안 되는가. 하지만 그렇게 두면 랑의 시체를 갈망하는 벌레들이 찾아올 것이고, 나는 그 벌레들로부터 랑을 온전히 지킬 수 없을 거란 결론을 내렸다. 랑은 상할 것이다. 죽었지만 괴로울 것 같았다.

고개를 끄덕인다. 살리가 자리에서 일어난다.

"나한테 좋은 방법이 있어. 하지만 완벽한 방법은 아니야."

나는 무엇이든 좋다고 대답하고 싶지만 이번에는 말의 첫머리부터 음성이 제대로 나오지 않아 포기한다.

"내 힘으로 네 몸의 시간을 느리게 하는 거야. 그럼 망가져도 그 속도가 느릴 거야. 인간이 느끼기에는 무한으로 느낄 만큼. 하지만 분명한 건 멈췄다거나 나은 게 아니야. 너는 계속, 계속 망가지다가 어느 순간 시간이 붙잡을 수 없는 영역으로 갈 거야. 그래도 괜찮아?"

나는 고개를 끄덕인다. 여러 번.

살리의 동작은 마법사 같았고 의사 같기도 했다. 살리는 제 손으로 나를 어루만지며 눈을 감았다. 그 모습만으로는 살리가 내 몸의 시간을 느리게 한다는 걸 믿을 수 없었지만, 나는 사막에서 잎사귀를 피운 나무를 보며 의심을 지운다. 바람에 잎사귀를 흔들며 나무가 나에게 말하는 것 같다.

잘 가, 하고.

살리의 말처럼 내 몸은 나아진 게 아니므로 상태가 좋아진 건 아니었지만 급속도로 무너지던 내 몸을 생각하면 확연히 다르다. 살리가 망가진 내 무릎에 지카가 주었던 검은 천을 감싼다. 덕분에 걸을 수 있게 된다.

살리의 어깨에 팔을 올리고 천천히 고요한 소용돌이가 부는 곳으로 향한다.

"네가 원하는 곳으로 가려면 그 아이를 계속 생각해. 네가 원하는 지점이 있잖아. 그럼 데려다줄 거야."

어떻게 그게 가능하냐고 묻고 싶지만 그런 질문은 이제 별 소용없는 것 같아 나는 알겠다고만 대답한다. 살리가 소용돌이 앞에서 나를 놓는다. 소용돌이와 우리 사이에 투명한 벽이 있는 것 같다. 매우 빠르고 거센 소용돌이다. 한번 들어가면 절대 밖으로 나올 수 없을 것이다.

살리가 내게 악수를 요청한다.

"내가 떠나기 전 마지막으로 만난 존재치고 굉장히 좋았어. 즐거운 추억 줘서 고마워. 좋은 기억

가지고 갈게."

나는 살리에게 조심스레 묻는다.

"나의 첫인상 ……좋았나?"

"그럼! 무척 좋았어."

살리의 악수에 응한다. 랑에게 해줄 말이 많다. 무엇보다 내 첫인상은 그다지 나쁘지 않다는 걸 제일 먼저 말해주고 싶다.

소용돌이로 한 발을 뻗는다. 거센 바람 소리가 그제야 들린다. 몸은 금방이라도 소용돌이에 휩쓸릴 것 같다. 나는 힘주어 한 발자국씩 내딛는다. 그때 소용돌이 밖에서 살리의 외침이 들린다. 소용돌이와 함께 안으로 흘러 들어온 살리의 목소리가 어둡고 시끄러운 이 공간에 가득 퍼진다.

"나 드디어 네가 기억났어. 네가 어떤 로봇이었는지! 너는 전쟁시대에 만들어졌어!"

나는 살리가 당부한 대로 생각하고 또 생각한다.

"너는 그곳에서 전쟁으로 고통받는 사람들을 살리는 일을 했어! 사람을 사랑하고 살리는 일을 했어! 너는 사람을 끌어안아야 하는 로봇이었어. 두 팔로! 네 팔은 다른 로봇의 팔과 달라. 인간을 안았을 때 안정감을 줬어. 너는 그 팔로 인간의 마음을 안았어! 고고, 너는 랑을 진심으로 사랑했던 거야! 네 마음은 진짜야!"

바람 소리에 더 이상 살리의 목소리가 들리지 않는다. 마지막까지 남아 있던 두려움마저 소용돌이에 휩쓸려 내 안에서 사라진다. 나는 랑이 존재하는 곳으로 가고 싶다.

랑을 다시 만나면 이야기해주고 싶다. 내가 만난 사막에 대해. 너를 만나기 위해 걸어온 나의 사막에 대해. 그렇게 늙어가는 랑의 곁에서, 조금씩 망가져 가는 내 몸으로 이야기하겠지. 나쁘지 않다고 생각한다. 비로소 랑과 시간이 맞는 것 같다는 착각을 한다. 이번에는 너와 함께 늙어갈 수 있겠다는 헛된 희망을 품고 랑을 떠올리며, 더 깊은 어둠으로 내려간다.

간절하게.

길 위에서 우리는

오정연

이야기와 여행은 그 본질이 서로 매우 유사하다. 모험담의 원형으로 일컫는 '오디세이아'까지 거슬러 올라갈 필요도 없다. 이야기와 여행에는 모두 시작과 끝이 있고 도달하려는 목표가 있다. 길 위에서 우리는 새로운 사람을, 존재를, 풍경을 만나 변화한다. 사람들은 실제로 여행을 통해 '자아'를 찾거나(求하거나) 심지어 돕는다(球한다). 삶을 담기 위해 발명된 것이 이야기이므로, 삶과 여행이 닮은 것 역시 우연은 아닐 것이다.

어린 시절의 우리를 빚은 숱한 동화는 인간이 아닌 것들 속에서 인간을 발견하려고 안간힘을 쓰면서 그들의 여행길을 따라나섰다. 두 차례의 세계대전을 거치며 전 세계가 지금 우리 모두에게 익숙한 형태로 자리 잡을 무렵, 생텍쥐페리는『어린왕자』의 여정을 통해 관계는 물론 인생의 진짜 의미를 망각한 현대인 혹은 현대 사회를 포괄적으로 비판했다. 그리고 인간성에 대한 질문 자체가 공허해진 시대, 천선란은 로봇과 함께『랑과 나의 사막』을 통과하며 기억과 감정 등 오직 인간만이 가지고 있다고 믿었으나 이제는 알 수 없어진 것들에 대해 골몰한다.

　로봇의 여정은 랑이 죽고 나서, 엄밀히 말하면 죽은 랑의 시체를 묻어주고 난 뒤, 현재형으로 제시된다. 때는 49세기, 인간은 지구의 생태를 위협에 빠뜨린 것으로도 모자라 전쟁으로 모든 것을 끝장낸 지 오래였다. 바다와 사막이 물끄러미 대치 중인 세상 그 어디에서도 녹음은 찾을 수 없다. 랑은 생물학적으로 자신을 낳아준 조와 함께 사막 한가운데에서 살아가던 어린이였다. 전쟁시대 이전에 제조된 채 방치됐던 로봇을 발견하고 고고라는 이름을 붙여주고, 청소년이 될 때까지 함께했다. 그러나 노인이 되기 전에 맞이하는 죽음이 당연한 세상이었고, 조가 먼저 세상을 등진 후 랑 역시 어른이 되지 못한 채 고고의 곁을 떠났다. 더 이상 명령을 내려줄 동행이 없어 자유의 몸이 된 고고에게, 랑의 시체를 함께 묻은 랑의 친구 지카가 명령이 아닌 제안을 던진다. 함께 바다로 가자고. 그러나 고고는 이를 거절하고 홀로 사막 한가운데로 떠난다. 인간의 헛된 희망이 만들어낸 거짓일지도 모를, 과거로 가는 문을 향해. 그 길에서 고고의 머리가 수시로 재생시키는 랑과의 기억은 모두 과거형으로 서술된다.

『오즈의 마법사』의 허수아비, 양철 나무꾼, 겁쟁이 사자는 각각 지혜와 마음과 용기를 찾기 위해 도로시의 동행이 되고, 그들은 여정의 끝에서 그 모든 것들이 이미 그들 자신 안에 있었다는 사실을 발견한다.『랑과 나의 사막』의 고고는 그러나 사막을 건너며 만난 인간(버진), 로봇(알아이아이), 외계인(살리)과 동행이 되진 않는다. 두렵지만 알고 싶었던 정보—자신을 언제, 누가, 어떤 목적을 가지고 만들었는지를 결국 알게 되긴 한다.

그리고 특이점을 넘어선다. 그러나 이야기의 끝에서 우리가 목격하는 고고의 모든 변화는 고고가 끝내 찾아낸 대답과 거의 무관하다. 대답이 없이도 고고는 자신이 가지고 태어나지 않았던 깨달음을 얻고, 완전히 사라진 목적을 다시 만들었을 것이다. 버진을 만난 뒤, 헛된 종교를 만든 인간을 이해했다. 자신과 달리 목적을 알고 있기 때문에 아무런 의심 없이 (말 그대로) 온몸을 부숴가며 불가능한 목표에 도전하는 알아이아이와 헤어질 때는 최고의 오지랖, 즉 공감 이후의 희생을 실천했다. 살리 덕분에 그간 느꼈던 모든 오류가 결국 감정이라고 불릴 수 있음을 알게 됐다. 그리고 이전에는 절대 이해할 수 없었을 선택을 한다. 그것은 비합리적이지만 오직 마음을 따르기에 가장 인간적이라고 부를 만하다.

*

　그림에는 감정이 들어가고 사진에는 의도가 들어가지. 감정은 마음을 움직이게 만들고 의도는 해석하게 만들어. 마음을 움직인다는 건 변화하는 것이고, 변화한다는 건 불가능을 가능으로 만든다는 것. 그래서 인간은 정지해 있는 그림을 보고도 파도가 친다고, 바람이 분다고, 여인들이 웃는다고 생각하지. 사진은 현상의 전후를 추측하게 하지만 그림은 그 세계가 실재한다고 믿게 돼. (19쪽)

인간 랑이 아닌 로봇 고고가 한 이 말은 『랑과 나의 사막』을 관통한다. "바람이 불지 않으면 사막은 단숨에 그림"이 된다는 랑에게 "그림이 아니라 사진"이라면서 덧붙인 설명이었다. 사막이라는 현상을 사진으로 인식하는 로봇은 사막이 생긴 이유와 결과를 분석하고 효율적으로 목적에 다다를 방법을 고민하겠지만, 인간은 광막한 사막에 오아시스가 실재한다고 믿기에 무모한 결심을 실행에 옮긴다. 『랑과 나의 사막』이라는 '그림'은 결국, 그림이 아닌 사진으로 세상을 인식하도록 만들어진 고고가 사막을 그림으로 바라보게 되기까지의 과정을 담고 있다.

내게는 랑을 행복하게 해줘야 한다는 목적이
있다. (44쪽)

명령이 없이는 움직일 수 없는 로봇이 임시로
만든 목적이었다. 그 목적의 목적어가 사라진 뒤,
고고는 결정의 순간이 닥칠 때마다, 그리고 얼마
간 여행이 진행된 후반부에는 결정의 순간과 무관
하게 기억 파일을 더듬으며 랑의 명령을 곱씹고
또 유추한다.

　모든 명령命令은 모름지기 목표 혹은 목적을 지
닌다. 첫 번째 글자인 命의 몇 가지 의미 중 하나
에는 '표적'이 있다. 영어로 보자면 order인데 (정
해진) 순서나 질서, 혹은 체계라는 뜻도 있고 in
order to라는 익히 알려진 숙어 안에서는 '목적'이
라는 의미가 노골적으로 드러난다.

　사전상의 의미로는 전혀 겹치는 바가 없음에도
종종 목적과 이유를 유사어로 착각하는 인간은 이
상할 정도로 그 두 가지에 매달린다. (그러므로 이
에 집착하는 고고 역시 인간적이다.) 자신의 시작
에 대한 목적도 이유도 찾을 수 없는 존재론적 한

계 때문일까. 도구를 발명함으로써 생태계 안에서 독보적인 위치를 차지한 인간은 납득할 수 없는 사건의 이유를, 불가해한 세상의 목적을 찾기 위해 종교를 발명했다. 반면 로봇은 기계이고 기계는 도구이다. 모든 도구는 목적이 있고 이는 해당 도구의 존재 이유가 된다. 그러므로 로봇은 목적과 이유를 궁금해할 필요가 없다. 그러나 숱한 이야기에 등장하는 로봇들은 달랐다.

많은 SF 영화와 소설 속에서 로봇들은 인간 혹은 인류를 위협하거나 인간 혹은 인류를 위해 희생하는 방식으로 인간에게 인정받을 만한 경지에 올랐다. 그들 중 상당수가 자신만의 목적을 수립하고 존재 이유를 물었다. 서로 다른 시대에 만들어진 『랑과 나의 사막』의 두 로봇은 그들과 다르다. 자신이 주인으로 정한 인간에게 각자의 방식으로 지고지순한 이들 순정파 로봇은 애틋할 정도로 무해하다. 세계를 그토록 황폐하게 만든 원인역시 전적으로 인간에게 있었을 뿐 로봇의 반란따위와는 거리가 멀었다.

『천개의 파랑』(2020) 속 콜리의 궤를 잇는, 천

선란의 로봇들이다. 카렐 차페크의 희곡 『R.U.R.』 (1920) 이후 반복된 적대적인 로봇의 이미지를 따르지 않는다. 20세기 후반 〈블레이드 러너〉 (1982), 〈터미네이터 2〉(1990) 등 잘 알려진 SF 영화 속, '구제불능으로 잔혹한 인간'에 대조되는 '인간보다 인간적인 로봇'과도 다르다. 진심을 배신한 인간에게 앙심을 품는 〈그녀〉(2013)의 사만다, 인간 세상에 대한 순수한 호기심을 충족하기 위해 인간으로 '패싱'되고 싶어 하는 〈엑스 마키나〉 (2015)의 에이바처럼 결과적으로 보면 인류 혹은 인간 개체에게 위협적인 방식으로 특이점을 뛰어넘지도 않는다.

적대적인 영화 속 로봇의 반대편에 〈바이센테니얼 맨〉(1999)의 앤드류, 〈에이 아이〉(2001)의 데이빗, 〈월-E〉(2008)의 월-E와 이브 등이 있다. 이들은 일종의 돌연변이처럼 인간이 되고 싶은 욕망을 가지게 되었거나, (개별 인간과의 구체적인 교감을 통해 학습한 것이 아닌) 환경적 요인에 의해 인간의 감정을 느끼고 행할 수 있도록 진화했다. 로드무비의 형식을 띤 많은 동화와 영화 속 비

인간들은 결국 인간의 정수라고 부를 만한 무언가에 도달하는데 이는 고고와 동일하다. 그러나 선배들과 달리 그곳에 닿는 동력은 랑에게서 왔다. 인간인 랑에게 받은 사랑과 랑에게서 배운 오지랖을 그저 성실히 복습하고 실행한 결과였다.

오지랖이란 '웃옷이나 윗도리에 입는 겉옷의 앞자락'을 뜻한다. 이제는 '오지랖이 넓다'는 관용구로만 사용되는 편인데 이는 '쓸데없이 지나치게 아무 일에나 참견하는 면이 있음'을 일컫는다. 쓸모(쓸데)가 없고, 원래의 한도를 넘으며(지나치게), 무작위적(아무 일에나)이다. 오지랖이란 결국 목적과 효용이라는 로봇의 세계와는 접점이 전혀 없이 '잉여'에 속하는, 실로 인간적인 행동 양식이다. 고고가 두 가지 특이점(시공간이 사라지는 중력 특이점, 그리고 기계가 널리 알려진 한계를 뛰어넘는 기술 특이점) 모두를 "춤추듯" 넘을 수 있었던 것은 모두 누구보다 오지랖이 넓었던, "내가 만난 인간 중에서 가장 오지랖이 넓은 인간"(82쪽), 랑 덕분이었다. 그 점이 매번 속수무책으로 눈물겹다.

랑을 묻고 떠나온 고고의 여정은 실은 애도의 다른 말이다.* 그것은 과정이며 절차이므로, 단계를 거치고 끝에 도달하려면 의식적인 노력이 필요하다. 애도란 '가장 시효가 긴 감정, 그리움'이 우리를 어디로 이끄는지 지켜보는 것이다. 좋은 여행이라면 그 끝에서 달라진 자신과 맞닥뜨릴 것이고, 운이 더욱 좋다면 그렇게 달라진 스스로가 마음에 들 것이다. 고고는 자신이 겪는 이유를 알 수 없는 불편감의 실체가 오류나 벌레(버그)가 아닌 '그리움'이라는 것을 어렴풋이 깨닫는다. 목적도 없이 비효율적인 그 감정이 여행을 통해 어떻게 진화하는지 바라본 끝에 고고는 변화한다. '—고 싶다'라는 욕망의 어미를 사용할 때마다 렉에 걸릴 정도로 과부하를 느꼈지만 이제는 망설임 없이 말할 수 있게 된다.

* 흔히 애도를 여행에 비유한다. 훌쩍 떠났다가 시간이 지나 제자리로 돌아와 일상을 영위하는 여행. 하지만 애도는 완전히 다른 시작을 의미한다. 어떤 것도 그 사람을 잃은 나를, 잃기 전의 나로 돌아가게 만들지 못한다. 애도는 그렇게 완전히 새로운 나를 만나는 과정이다.— 나종호, 『뉴욕 정신과 의사의 사람 도서관』 중, 2022, 아몬드

랑을 다시 만나면 이야기해주고 싶다. 내가 만 난 사막에 대해. 너를 만나기 위해 걸어온 나의 사막에 대해. (144쪽)

우리는 죽음뿐 아니라 망각, 시간, 혹은 단순히 현실이라는 지루한 이유로 소중한 많은 것들과 헤 어지며 살아간다. 대부분의 경우 이별했다는 사실 조차 깨닫지 못하고 애도의 기회는 당연히 가질 수 없다. 남을 해치지 않는 욕망을 위해 기꺼이 불 멸을 희생하는 천선란의 주인공들은 그러나 최선 을 다해 여행을 마치고 애틋하게 성장한다. "수천 번 자신을 분해하고 조립"(50쪽)하는 사춘기를 거 쳐 "알 수 없는 세계"(49쪽)로 기꺼이 나아갔던 랑 처럼, 만들어진 지 몇천 년 만에 맞이하는 고고의 사춘기. 고고는 그만하라고 할 때까지, 아니 그만 하라는 말을 들었을 때에도 멈추지 않는 것이 인 간의 마음이고 사랑임을 이제 안다.

미생물도 사라져버릴 만큼 말라버린 지구에서 태어난 랑은 사막 한가운데 우물이 있다고 믿었 다. 사막 어딘가에 오아시스가 존재할 것이고, 오아시스를 오아시스로 부를 수 있는 모든 것이 사라져버려도 오아시스라는 이름마저 없앨 수 없었다. 사막을 움직이는 선인장 신에게 기도하던 아이는 자라고 또 죽어서 신이 된 것이다. 그저 메마른 광활함에 불과했던 사막을 움직이는 선인장 신처럼, 랑은 방치된 로봇에 불과했던 고고의 마음을, 스스로 목적과 이유를 정하여 움직일 동력을 길렀다.

깨어나기 이전을 기억할 수 없는 고고의 막막한 두려움은, 목적과 존재이유를 갈구하는 우리에게 매우 익숙하다. 자신을 만든 인간과 자신이 만들어진 목적을 명확하게 기억하기 때문에 다른 길을 꿈꿀 수 없었던 알아이아이와 좋은 대조를 이룬다. 여기서 중요한 것은 목적을 알지 못했던 고고만이 새로운 존재가 되었다는 점이다.

새로운 목적을 정하고 그렇게 스스로의 이유를 만들어가는 애도만이 우리를 변화시킬 수 있다. 알 수 없기 때문에 달라질 수 있는 것이 인간임을 『랑과 나의 사막』을 건넌 우리는 기억해내야 한다. 세상이 나빠지는 속도를 그렇게 늦춰야 한다.

작가의 말

단 하나였던 삶의 목적을 잃은 후에도 계속 살아가야 하는 것에 대한 이야기입니다. 지구의 환경조차도 삶에 아무런 지장을 주지 않는 고고에게는 랑이 세상의 전부였고, 랑이 고고에게 다음 목적을 만들어주지 않고 떠난 탓에 고고는 덩그러니 있습니다. 아무것도 하지 않는, 그대로 툭 놓인 상태의 덩그러니. 그렇게 삶의 선택지가 랑 하나였던 고고는 결국 또다시 랑을 자신의 유일한 목적으로 둡니다. 그렇게 여정을 떠난 고고에게 랑이 아닌, 고고의 목적을 만들어주고 싶었습니다.

누군가 머물다 간 자리에 계속 물을 붓는 마음

을, 그런 상태와 그런 사람과 그런 삶에 대해 생각하는 것이 저의 일이 아닌가 싶을 때가 있습니다. 그럴 때면 가끔 잊어도 땅이 메마르지 않게 비가 내릴 것이고, 심심하지 않게 새가 앉았다 갈 것이며 잠시 눈을 돌린 사이 잎이 움틀 수도 있다는 말을 가장 먼저 그 마음에 해주고 싶었습니다.

고고의 여정이 너무 길고 지난하지 않게 그리고 싶었습니다. 고고는 삶의 목적을 잃고 떠나지만 메마른 사막에서도 새로운 사람을 만나고 무언가를 나누고 희망을 봅니다. 상실된 마음의 여정도 이러했으면 좋겠다는 바람으로 짧은 여정을 엮어 보냅니다.

2022년 10월
선란 올림

랑과 나의 사막

지은이 천선란
펴낸이 김영정

초판 1쇄 펴낸날 2022년 10월 25일
초판 11쇄 펴낸날 2024년 12월 5일

펴낸곳 (주) 현대문학
등록번호 제1-452호
주소 06532 서울시 서초구 신반포로 321(잠원동, 미래엔)
전화 02-2017-0280
팩스 02-516-5433
홈페이지 www.hdmh.co.kr

ISBN 979-11-6790-135-4 04810
      978-89-7275-889-1 (세트)

* 책값은 뒤표지에 있습니다.

현대문학 핀 시리즈 소설선